妖怪《ようかい》一家九十九《つくも》さん 外伝《がいでん》

猫《ねこ》ユーレイの宝箱《たからばこ》

富安陽子・作　山村浩二・絵

理論社

妖怪一家九十九《つくも》さん 外伝

猫ユーレイの宝箱

九十九さん一家は
こんなメンバー

一つ目小僧《こぞう》のハジメくん
一つ目はすばらしく
よく見える千里眼《せんりがん》

アマノジャクのマアくん
力持ちで、足の速さは
スポーツカーなみ

見越《みこ》し入道《にゅうどう》
おじいちゃん
むくむく小山のよう
におおきくなります

やまんばおばあちゃん
太った人間を見るとついよだれが出て…

※一番大事なお約束《やくそく》は　ご近所さんを食べないこと。

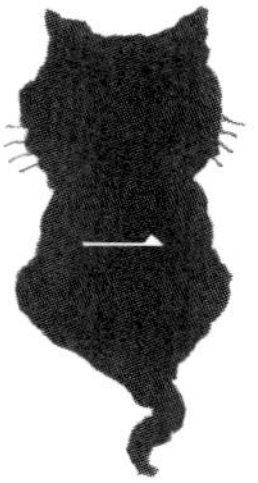

ヌラリヒョンパパが、でっかい、まっ赤《か》な車を買いました。六人乗りの、S《エス》UV《ユーブイ》車です。
その前に、説明《せつめい》しておかないといけませんね。ヌラリヒョンパパって、いったいだれなのか？ ということを。
ヌラリヒョンパパは、化野原団地《アダシノハラだんち》の東町三丁目B棟《ビーとう》の地下十二階に住む、九《つ》十九《くも》さんという妖怪《ようかい》一家のパパです。九十九《つくも》さん家《ち》のママはろくろっ首《くび》、おじいちゃんとおばあちゃんは、見越《みこ》し入道《にゅうどう》とやまんば。そして三人の子どもたちは、長男で一つ目小僧《こぞう》のハジメくんと、次男でアマノジャクのマアくんと、末《すえ》っ娘《こ》で、人の心の中を何でもさとってしまう、サトリのさっちゃんです。

七人家族なのに、六人乗りの車では一人《ひとり》乗れないだろう、ですって？　いえいえ、大丈夫《だいじょうぶ》。十二歳未満《さいみまん》の子どもは、車に乗る時には三人で二人《ふたり》分と数えてもらえるルールなんですよ。もっとも、九十九《つくも》さんちの三きょうだいは、小さな子どもに見える、というだけで、本当の年はもう百歳《さい》をとっくに越《こ》えているんですけどね。妖怪《ようかい》ですから……。

ヌラリヒョンパパが車を買ったと知ったみんなは、とってもびっくりしました。だってヌラリヒョンパパの特技《とくぎ》は瞬間移動《しゅんかんいどう》でしたから、わざわざ車になんて乗らなくてもどこだって好《す》きな所に一瞬《いっしゅん》で行けるんです。ヌラリと消えて、好《す》きな所にヒョンと現《あらわ》れる……それがヌラリヒョンというものです。

でも実は、パパはずうっと前から、マイカーに家族を乗せて、みんなでドライブしてみたいと思っていました。そのために、こっそり教習所に通って免許《めんきょ》を取っていたぐらいです。

「瞬間移動《しゅんかんいどう》だと、途中《とちゅう》の景色《けしき》は何も見えないからね」と、パパは家族に説明《せつめい》しました。

「みんなで車に乗って、知らない町並《まちな》みをながめながら、海や山を目ざして、のんびりドライブするなんて、すてきじゃないか」

「ドライブ！　ドライブ！　ブイ！　ブイ！　ブイ！」と、大はしゃぎで、まっ先に叫《さけ》んだのはアマノジャクのマアくんです。

「うむ、みんなでドライブ……。悪くないアイデアじゃ」と見越《みこ》し入道《にゅうどう》おじいちゃんが言うと、

「ドライブしながら、あっちこっちで、おいしい物をいいいっぱい、食べましょうよ！」と、やまんばおばあちゃんが張《は》り切《き》って言いました。

「でも……」と、ちょっぴり心配顔なのは、ろくろっ首《くび》ママです。

「これ、左ハンドルの外車でしょ？　ずいぶんお高かったんじゃない？」

「それがね」

パパが得意《とくい》そうにニヤリと笑《わら》いました。

「信《しん》じられないことに、中古車店で買った、この車は、なんと、たったの五百円だったんだよ！」

「えっ？　ワンコイン？」

一つ目小僧《こぞう》のハジメくんが、一つ目玉をまん丸くします。サトリのさっちゃんはおどろいたしるしに「ヒュッ」と短く口笛《くちぶえ》を吹《ふ》きました。

「本当に？　本当に、たった五百円だったんですか？　こんな大きくてピカピカの外車が？」

ろくろっ首《くび》ママは、びっくりしたひょうしに、のびてしまった首をひっこめながらパパに確認《かくにん》しました。

「そうなんだよ。安いだろ？」

ヌラリヒョンパパがうなずくと、九十九《つくも》さんちのみんなは、B棟《ビーとう》の地下駐車《ちゅうしゃ》場《じょう》にとまったまっ赤《か》なSUV《エスユーブイ》を、もう一度、まじまじと見つめました。

「どうして、そんなに安いのかしら？」

ろくろっ首《くび》ママが首をかしげると、ヌラリヒョンパパが説明《せつめい》し始めました。

「お店の人の話によるとね、この車は、売っても売っても、二、三日で店にもどってきちゃうそうなんだよ。買った人が〝引き取ってくれ〟って返しにくるんだってさ。返されては売られ、売られてはまた返され……。そうするうちに、どんどん値段《ねだん》が下がって、とうとう五百円ていうわけさ」

「なんで、返されちゃうの？」

ハジメくんが質問《しつもん》しました。

「それは、よくわからないそうだ。別《べつ》に故障《こしょう》したっていうわけでも、調子が悪いっていうわけでもないのに、必《かなら》ず、二、三の日うちに買った人が〝とにかく引き取ってくれ〟って言ってくるそうなんだよ」

ヌラリヒョンパパの言葉に、サトリのさっちゃんが意見をのべます。

「わかんないいんじゃなくて、言いたくないいんじゃない？　きっと、何か怪《あや》しいとこがあるんだよ、この車……」

みんなの目がもう一度、まっ赤《か》なＳＵＶ《エスユーブイ》に集中しました。

さっちゃんの言う通りでした。実は、このまっ赤《か》なＳＵＶ《エスユーブイ》は、とっても怪《あや》しい車だったのです。でも、九十九《つくも》さんちのみんなはこの時まだ、この車にどんな秘密《ひみつ》があるのか気づいていてはいなかったのです。

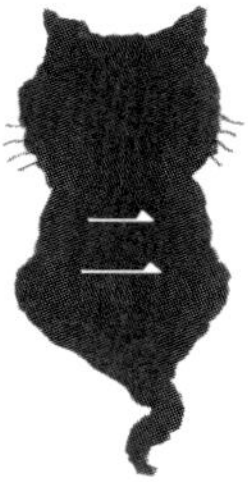

仕事がお休みの土曜日、ヌラリヒョンパパはさっそく、みんなを車にのっけて、ドライブに出かけることにしました。

えっ？　ヌラリヒョンの仕事ってなんだ、ですって？　ヌラリヒョンパパはね、化野《アダシノ》市の市役所《しやくしょ》に勤《つと》めているんです。といっても今は、市役所《しやくしょ》からはけんされて、ある村の村役場で、人と妖怪《ようかい》が仲《なか》よく暮《く》らすお手伝《てつだ》いをしているんですけどね。そんな仕事をすることになったのには、いろいろ事情《じじょう》があるんですが、今はとにかく、物語《ものがたり》を先に進めましょう。

九十九《つくも》さんちの妖怪《ようかい》家族は七人そろって、まっ赤《か》なＳＵＶ《エスユーブイ》に乗りこみ、真夜《まよ》中《なか》のドライブに出発《しゅっぱつ》しました。妖怪《ようかい》たちにとって、真夜中《まよなか》というのは、一番活動しやすい時間なのです。その上、雨でも降《ふ》っていれば最高《さいこう》のドライブ日和《びより》……というところなんですが、あいにくこの夜は雨は降《ふ》っていませんでした。

車のシートは三列です。

運転席《せき》でヌラリヒョンパパがハンドルを握《にぎ》り、助手席《じょしゅせき》にはママ。二列目のシートには見越《みこ》し入道《にゅうどう》おじいちゃんと、やまんばおばあちゃんが座《すわ》りました。そして三列目のシートには三人きょうだいの子どもたちがならんで座《すわ》ります。

「さあ！　出発進行《しゅっぱつしんこう》！」

パパはそういうと、車のエンジンをブルンとかけました。目指すは、高速道路と一般道《いっぱんどう》を使って三時間ほどの距離《きょり》にある海吠崎《うみぼうざき》の妖怪《ようかい》旅館〝海ぼうず館〟です。ここは、日本で唯一《ゆいいつ》の妖怪《ようかい》向け旅館でしたから、こんな時間から出かけて行っても、ちゃあんと、ご飯《はん》を食べて、日帰り温泉《おんせん》に入ることができるのです。

パパは出発《しゅっぱつ》前、車のナビにちゃんと〝海吠崎《うみぼうざき》の海ぼうず館〟を目的地《もくてきち》として

入力しておいたのですが、走り出してしばらくすると、おかしなことが起こりました。

それは、高速道路の乗り口に向かって、パパが間もなく車線を右に変更《へんこう》しようとしていた時のことでした。

「右側の車線によってください」とナビが言った、その時。ナビとは別《べつ》の声が「ちがう、そこはまっすぐ」と言ったのです。

すると、どうでしょう！　車はナビを無視《むし》して、パパがハンドルを右にきっているのに直進してしまったではありませんか！

「わあ！　なんてこった！　車がかってに走ってるぞ！　まるで、何かにあやつられてるみたいだ！」

パパが叫《さけ》ぶと、やまんばおばあちゃんが落ちつきはらって言いました。

「きっと、近ごろはやりの自動運転ていうやつよ。なんにもしなくても、車が目的地《もくてきち》まで連《つ》れてってくれるんじゃなあい？」

「でも、ナビは右車線によれって言ったんですよ」と、パパは言いました。

「それなのに、別《べつ》の声がまっすぐ行って言ったら、こいつは、ナビじゃなくて、そっちの言う通り直進したんです」

そう言っている間にも車は、高速の乗り口を通りすぎ、どこかに向かって、どんどん走り続《つづ》けていきます。

「いったい、どこに行くつもりかしら？」とママ。

「海ぼうず館より、もっといい所へ案内《あんない》してくれるんじゃろうか？」と、おじいちゃん。

「ほらね、やっぱ、怪《あや》しい車だったでしょ」と、さっちゃん。

「ようし！　おれさまが、怪《あや》しい車をボッコボコのギッタンギタンにしてやるぞお！」と、大はしゃぎのマアくんに、ママが釘《くぎ》をさしました。

「だめよ。まだ、買ったばっかりなんだから」

「五百円なんだから、いいじゃんか」と、マアくんが言い返すと、今度はおじいちゃんが重々《おもおも》しい調子で口をはさみました。

「だめじゃ。五百円の車なんて、他にはないんだから、少々《しょうしょう》のことはがまんするしかない」

でも、これが少々のことでしょうか？

運転しているパパのことも、ナビのことも全く無視《むし》して、かってにどこかに走っていく車なんて‼　それだけではありません。また、あの声が言いました。

「もっと早く！　もっと、急いで！」

すると、まっ赤《か》なSUV《エスユーブイ》は、またぐんぐんとスピードをあげたのです。

「ヒャッホー！」

マアくんが喜《よろこ》んで叫《さけ》びましたが、喜《よろこ》んでいる場合《ばあい》ではありません。

パパは必死《ひっし》にブレーキを踏《ふ》みましたが、やっぱりブレーキも言うことをきかないのです。

「もっと急げ、なんて言ったのはだれだ！」

パパが腹立《はらだ》たしそうに言った時です。

「あっ！」と、一つ目小僧《こぞう》のハジメくんが声をあげました。

ハジメくんはさっきから、なぞの声の主を捜《さが》して、千里眼《せんりがん》の一つ目玉できょろきょろあたりを見回していました。

「なんか、いるよ！　車の天井《てんじょう》の上に」

「えっ!?」

みんながいっせいに上を見上げます。でも、千里眼《せんりがん》ではないみんなには、天《てん》井《じょう》を通して、その上にいるやつの姿《すがた》を見ることはできませんでした。

「なんか、って、何よ？　どんなやつなの？」

　おばあちゃんが、じれったそうに聞きました。

「それが、よく、わかんないんだ。黒っぽくて、モヤモヤして……。なんかへんなやつが、この車の上にのっかってる」

「ようし！　このおれさまがそいつを、とっつかまえてやる！」と言って、マアくんが、車の窓《まど》を開けようとしましたが、窓《まど》はぴったり閉《し》まったまま開きません。

「きいい！」と、腹《はら》をたてるマアくんを見てさっちゃんが言いました。

「マア兄ちゃん、ダメだよ。今、窓《まど》をたたき割《わ》ろうって思ってるよね？」

「マアくん、いけませんよ」と、ママにもきびしく言われ、マアくんは「チェッ！　チェッ！　チェッ！」と言って、足をジタバタさせました。

「まあ、そのうち止まるじゃろう」

見越《みこ》し入道《にゅうどう》おじいちゃんが、あくびをしながら言います。

「でも、止まるって、どこに？　この車、どこへ行くつもりなのかしら？」

ママがもう一度、心配そうに言いました。

九十九《つくも》さんちのみんなは、だれも、車の向かっている先を知りませんでした。

まっ赤《か》なSUV《エスユーブイ》は、まっ暗な夜の町をぬけ、暗い夜道を右に左に曲がりながら、フルスピードで走っていきます。天井《てんじょう》の上になぞの黒い影《かげ》をのせて、どこか遠い闇《やみ》の彼方《かなた》へ――。

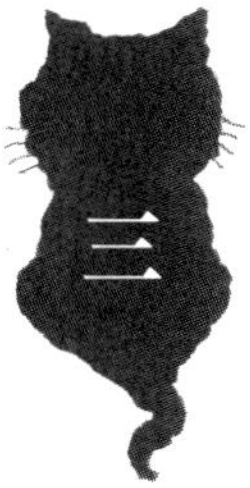

車が止まったのは化野原《アダシノハラ》団地《だんち》から一時間ほど走った、山の中でした。くねくねと折《お》れ曲がった山道の先は行き止まりになっていて、そこには、うっそうとしげる木立に囲《かこ》まれた古寺が建《た》っていました。

もちろんあたりはまっ暗。町の中を通りぬけ、山の中に入ったせいで、今までよりもっと深く濃《こ》い闇《やみ》にみんなは包《つつ》まれていました。西の空にひっかかっていた三日月もとうに地平線の向こうにしずみ、星の光もしげった木立にさえぎられ、ここまではとどきません。

もっとも、妖怪《ようかい》たちは暗闇《くらやみ》が大好《だいす》きでしたし、まっ暗闇《くらやみ》の中でもよく目がききましたから、どうってことはなかったんですけれどね。

古寺の前に止まった車のエンジンが勝手に切れたかと思うと、四枚《まい》のドアがいっせいにバタンと開きました。

まるで、ここで降《お》りろ、というように。

まっ先に飛《と》び出《だ》したのは、やまんばおばあちゃん。おばあちゃんは、車の外に出て、ぎょろぎょろと目をむき、まわりを見回したとたん「ぎゃおー！」と叫《さけ》びました。

「どうしたんです？」

あわてて車から降《お》り立《た》ったパパが、おばあちゃんにたずねます。

「ないわ！　ないじゃないの！　温泉《おんせん》も、レストランも、なあんにも、ない！これ、どういうことよ！　なんで、こんなとこに来《き》ちゃったの？　どうしてあたしたちをこんなとこに連《つ》れてきたのよ、このポンコツ車！」

残《のこ》る五人も、バラバラと車から降《お》りてきます。

「ぐるるるる――」と、やまんばおばあちゃんがうなりました。

「もう、許《ゆる》せないわ。こいつを、あたしが、パックン、ゴックンて、食べてやるう!」

おばあちゃんは、まっ赤《か》なSUV《エスユーブイ》を食べる気まんまんで叫《さけ》びました。

「ダメ。ダメですったら!」と、ママ。

「ようし。おれさまも、こいつを、ギッタギタのボッコボコにするぞ!」とマアくん。

「悪いのは、この車じゃないよ」と、一つ目小僧《こぞう》のハジメくんが言いました。

「そのとおり」

おじいちゃんが真面目くさって口をはさみました。

「悪いのは、ちゃんと車を運転できんパパさんじゃ」

「え?　私《わたし》?」

ヌラリヒョンパパが目を丸くした時、さっちゃんが静《しず》かに口を開きました。

「ねぇ、それよか、車の上にのっかってる、あいつはなんなの？」

みんなは、さっちゃんの言葉にハッとして車の上に目をやりました。

何やら、モヤモヤとした黒い煙《けむり》のかたまりのようなものが、車の天井《てんじょう》の上にひっついていています。

「そうなんだよ！」と、ハジメくんが言いました。

「悪いのは車じゃないよ、あいつだよ。あいつがきっと、車をあやつってたんだ」

「なんじゃと？　この、黒いモヤモヤが、車をあやつっていただと？」

おじいちゃんは、ぎろりと目をむいて、黒いモヤモヤをみつめ問いかけました。

「おまえは、いったい、何者じゃ？」

すると、黒いモヤモヤが、しゃべったのです！

「ノー、コメント」

「ガルルルル……」

その言葉を聞いたおばあちゃんがおこったのなんの！

「あたしたちを勝手に、こんな、レストランも温泉《おんせん》も、なあんにもないとこに連《つ》れてきといて、ノーコメントですむと思ってんの？　もうかんべんできないわ。あたしが今すぐ、パックンて食べてやる！」

そう言って、車の上に飛《と》び乗ろうとするものですから、あわてて、ヌラリヒョンパパがおばあちゃんの前に立ちふさがりました。

「おばあちゃん、ちょっと待って、冷静《れいせい》に、冷静《れいせい》に！」

パパの後ろからさっちゃんが、黒い影《かげ》に向かって言いました。

「ちゃんと、答えた方がいいよ。でないと、おばあちゃんは、本気で、車ごとあんたをパックンて食べちゃうつもりだからね」と、さっちゃんが言い終わるよりも早く、マアくんがみんなのスキをついて、車の上の影《かげ》めがけてジャンプ

しました。
「ターーックル！」と叫《さけ》びながら、影《かげ》に飛《と》びついたのですが、残念《ざんねん》。マアくんがタックルをかけても、黒い影《かげ》はフワフワユランとゆれてひろがるだけで、つかまえることができません。勢《いきお》いあまったマアくんは、車の向こう側《がわ》に転げ落ちて「イテッ！」と言いました。
マアくんのタックルは失敗《しっぱい》でしたが、飛《と》びつかれた影《かげ》は、あせったようでした。
「ちょーっと、待った！　暴力反《ぼうりょく》

対！」

「ガルルルルル」

おばあちゃんは、まだうなっています。

マアくんにタックルをかけられ、ゆらゆらゆれて煙《けむり》のように広がった影《かげ》は、その間にも少しずつ元通りに集まって……それから、もっとかたまって、何かの形になろうとしているようでした。

「あなたは、どなたです？　車をあやつっていたのは、あなたですか？」

ヌラリヒョンパパがみんなを代表して、そうたずねました。

「吾輩《わがはい》は猫《ねこ》である」と、影《かげ》が言ったちょうどその時、影《かげ》は黒い猫《ねこ》の形になっていました。

「猫《ねこ》だったのかあ」

ハジメくんがつぶやくと、猫《ねこ》の影《かげ》がまた口を開きました。

「猫《ねこ》……というか、猫《ねこ》の幽霊《ユーレイ》である。名前はない……というか、ポンと車にはねられたひょうしに忘《わす》れてしまったのである」

「ポンとはねられたって、この車に？　はねられて死んじゃったのね？　なんて、おきのどく！」

ろくろっ首《くび》ママが言うと、なぜか猫《ねこ》の幽霊《ユーレイ》は「フハハハハハ」と笑《わら》いました。

「心配ご無用《むよう》。死んだことは死んだが、吾輩《わがはい》には九つの命があるのだ。今までに三度死んだが、あと六つ命が残《のこ》っているのである」

「まあ、それは、よかったわ」と、ママ。
でもおばあちゃんは、おこっています。
「あんたに命がいくつあるかなんて、知ったこっちゃないわよ。どうして、化《ば》け猫《ねこ》なんかに連《つ》れられて、こんな所に来《こ》なきゃいけないのよ。レストランも温泉《おんせん》もないのに！」
「化《ば》け猫《ねこ》じゃない。吾輩《わがはい》は猫《ねこ》の幽霊《ユーレイ》である」

猫《ねこ》の幽霊《ユーレイ》はむきになって言い返しました。

「ほらね、やっぱり怪《あや》しいと思った。猫《ねこ》の幽霊《ユーレイ》にとりつかれた車だったんだね」

さっちゃんは得意顔《とくいがお》。

「行きたい所に行けない車だって知ってれば五百円でも買わなかったのになあ」

ヌラリヒョンパパはくやしそうです。

「どうして、ぼくらを、こんな所に連《つ》れてきたの？」

ハジメくんが質問《しつもん》すると、車の向こう側《がわ》からもどってきたマアくんがすかさず言いました。

「正直に答えないと、ギッタンギッタンにしちゃうぞ」

ギッタンギッタンにされるのが嫌《いや》だったのかどうなのかはわかりませんが、猫《ねこ》の幽霊《ユーレイ》は素直《すなお》に質問《しつもん》に答えました。

「ここにあずけておいた、大切なカギを取りに来《き》たのである」

「カギって、なんの？」
九十九《つくも》さんちのみんなが声をそろえて聞きました。
「ウオッホン」
猫《ねこ》の幽霊《ユーレイ》は咳《せき》ばらいなんぞして、答えます。
「吾輩《わがはい》の命をしまった宝箱《たからばこ》のカギなのであーる」
「このお寺にあずけてたの？」
人気のない、まっ暗な古寺をながめながらハジメくんがそうたずねた時、古寺のお堂《どう》の中から、なんとも楽し気な歌声が聞こえてきたのです。
♬ポンポコ、ポンポコ、ポンポコピー
ポンポコ、ポンポコ、ポンポコナー
わしら陽気なタヌキでござる
ポンポコピーのポンポコナー♬
ポンポコポンと、腹《はら》づつみの音も軽《かろ》やかに、歌声が近づいてきます。

バタンと、お堂《どう》の格子戸《こうしど》が開きました。まっ暗いお堂《どう》の中から現《あらわ》れたのは、丸々《まるまる》と太った二ひきのタヌキです。

右側《みぎがわ》のちょっぴり大きめのタヌキが、九十九《つくも》さんたちを見回してぺこりと頭を下げました。

「お晩《ばん》でやんす」

左側《ひだりがわ》の小さめのタヌキが目をパチクリしてたずねました。

「みなさまおそろいで、ポンポコ寺に、おまいりでやんすか？」

「いえ……おまいり、というわけでは……」

ヌラリヒョンパパが言いかけるのをさえぎって猫《ねこ》の幽霊《ユーレイ》が車の上から、タヌキたちに声をかけました。

「おーい、おタヌキ兄弟。あずけておいたカギを返してもらいに来《き》たである」

二ひきのタヌキは、びっくりしたように、キョロキョロとあたりを見回しています。どうやら、タヌキたちは、猫《ねこ》の幽霊《ユーレイ》に気づいてないようです。

「こりゃまた不思議《ふしぎ》、また不思議《ふしぎ》」と言って、大きいタヌキが、ポンとお腹《なか》をたたきました。

「声はすれども姿《すがた》は見えず。おーい！　猫《ねこ》の又三郎《またさぶろう》、出てくるでやんす！」

小さい方のタヌキが叫《さけ》びました。すると、猫《ねこ》の幽霊《ユーレイ》が「おお！」と声をあげたのです。

「又三郎《またさぶろう》！　これぞまさしく吾輩《わがはい》の名前！　よくぞ、思い出させてくれたである！　おおい、おタヌキ兄弟！　吾輩《わがはい》だ！　又三郎《またさぶろう》だ！　吾輩《わがはい》は、ここにいるのであーる！」

四

タヌキたちは、暗闇《くらやみ》のなか目をこらして、声のしたパパの車の方を見ました。

「なんだ、なんだ、なんだ？」

大きいタヌキが言いながら、ポンポコお腹《なか》をたたきました。

「猫《ねこ》の形をした黒いモヤモヤが車の天井《てんじょう》にひっついてるでやんす！」

小さいタヌキがそう言うと、黒いモヤモヤの又三郎《またさぶろう》の幽霊《ユーレイ》は、ユラリとゆれてうなずいたようでした。

「そうだ！　これこそ、吾輩《わがはい》の今の姿《すがた》なのである。車にポンとはねられて、スパンと死んだひょうしに、こんな姿《すがた》になったのであーる。ワハハハハハ！」

なぜだか、笑《わら》っています。

二ひきのタヌキたちは、ポカンとしながら黒いモヤモヤの猫《ねこ》をながめ、それから『どうなってんの？』というように顔を見合わせました。

「ええと、よろしければ、私《わたし》が少々《しょうしょう》説明《せつめい》させていただきましょう」

事情《じじょう》がのみこめていないらしいタヌキたちに、ヌラリヒョンパパが声をかけました。

「つまり、こういうことなのです」と、パパは説明《せつめい》を始めました。

「ここにくっついている、黒いモヤモヤした猫《ねこ》は、猫《ねこ》の又三郎《またさぶろう》さんの幽霊《ユーレイ》なのです。又三郎《またさぶろう》さんは、この赤い車に、はねられて命を落とし、それで幽霊《ユーレイ》になってしまったというわけなんです」

大きいタヌキが、ヌラリヒョンパパをジロジロ見て言いました。

「あんたが、この車で、猫《ねこ》の又三郎《またさぶろう》をポンとひいたんかね？」

「いいえ！　いいえ！　いいえ！　とんでもない！」

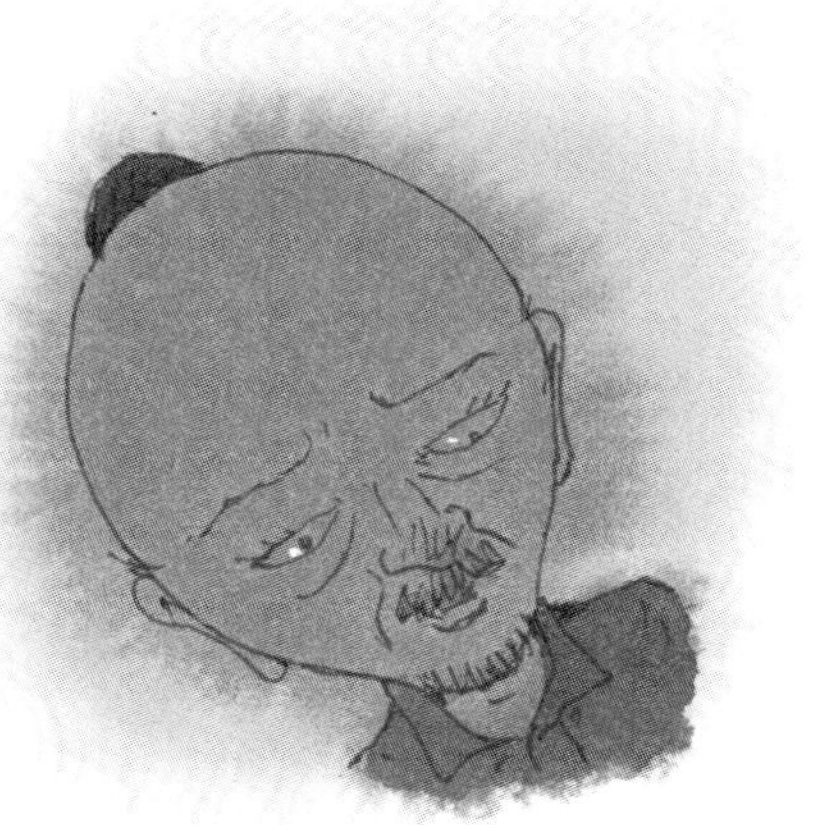

パパは、力いっぱい首を横にふりました。

「だって、今、又三郎《またさぶろう》はこの車にはねられたって言ったでやんすよね？　これ、あんたの車でやんしょう？」

小さいタヌキも批難《ひなん》めいた調子で言いながらパパのことをにらんでいます。

「ひいたのは、この車ですが、運転していたのは私《わたし》ではありません。たしかに、この車は今、私《わたし》の車ですが、私《わたし》は二日前にこの車を中古車センターで買ったばかりなんですよ。この車の前の持ち主……というか、何人か前の持ち主が運転中にたぶん、又三郎《またさぶろう》さんをポンとひいてしまったんですよ」

「とにかく、悪いのはパパさんじゃ」

いきなり、見越《みこ》し入道《にゅうどう》おじいちゃんが、もっともらしい顔でそんな事を言うものですから、タヌキたちはいよいよ疑《うたが》いを深めたようでした。

「ちょっと、おじいちゃんはだまっててくれませんか。話がややこしくなるから……」

ヌラリヒョンパパはムッとして釘《くぎ》をさしましたが、おじいちゃんは「フン！」と言って、そっぽを向いてしまいました。

「とにかく」

黒いモヤモヤの猫《ねこ》の幽霊《ユーレイ》が言いました。

「なんでもいいから、早く、あずけていたカギを返してほしいのである。あれは、吾輩《わがはい》の残《のこ》りの命をしまってある宝箱《たからばこ》の大切なカギなのだ。あのカギがないと宝箱《たからばこ》を開けられないのである。箱を開けられなければ、スペアの命を取り出せない。一度死んでから生き返るには、二週間以内《いない》に次の命を手に入れねばならないから、急がないと、もうギリギリなのであーる」

「リミットまで、あと何日なの？」

ハジメくんが質問《しつもん》しました。

「あと、一日」

「えーっ!?」と、猫《ねこ》の幽霊《ユーレイ》の言葉に、タヌキたちと九十九《つくも》さんたちと、その場の全員がびっくりして叫《さけ》びました。

「なんで、もっと早く、カギをもらいに来《こ》なかったんですか？」

ヌラリヒョンパパが、責《せ》めるようにたずねました。

「だれにあずけたか忘《わす》れちまっていたんである。ポンとはねられたひょうしに、名前といっしょに、ポンと、カギのありかも忘《わす》れてしまったのであるよ。それで今まで、あちこちたずねて回ったんだが、だれも、カギなんて知らんというのである。町内の猫友《ねこ》だちも、隣町《となりまち》の親せきも、山むこうの知り合いも……」

猫《ねこ》の幽霊《ユーレイ》はどうやら、とりついた赤い車をあやつって、あちこち、カギのありかを探《さが》し回っていたようなのです。だから、この車を買った人はみんなすぐにまた、お店に車を返しに来《き》たのでしょう。自分の行きたい所に行けないで、かってにどっかに走っていってしまう車なんて、だれも乗りたくはありませんからね。

「さて、おタヌキ兄弟。あんたたち、吾輩《わがはい》のカギを持っているだろう？　吾輩《わがはい》は、やっと思い出したのである。猫《ねこ》はみんな気まぐれで、カギなんてあずけても、あてにはならない。ちゃんとあずかってくれとたのんでおいても、ポイとどこかに置《お》き忘《わす》れるかもしれない。捨《す》てちまうかもしれない。その点、ばか正直な……いや、失礼《しつれい》、正直者のおタヌキ兄弟なら安心……。そう思って、あんたたちにあずけたのであるよ。吾輩《わがはい》の大切な命の宝箱《たからばこ》のカギを――」

猫《ねこ》の又三郎《またさぶろう》の言葉を聞いたタヌキたちは、お堂《どう》の暗がりの中、額《ひたい》をよせ合い、二ひきでヒソヒソと何か相談しているようでした。

やがて、大きい方のタヌキが口を開きました。

「まあ、たしかに、又三郎《またさぶろう》っちゅう猫《ねこ》どんからあずかっとるもんがある。あるにはあるが、それをわたす前に、一つ確《たし》かめんといかんことがある。つまり……」

タヌキはちょっと言葉を切り、車の上のモヤモヤをじっと見つめました。

「あんたが本物の猫《ねこ》の又三郎《またさぶろう》の幽霊《ユーレイ》かどうかかっちゅうことじゃ。たしかに、声は又三郎《またさぶろう》の声に似《に》ているが、黒くて、モヤモヤしとったのでは、本物の又三郎《またさぶろう》の幽霊《ユーレイ》かどうか、わからん。近ごろだれぞの名前をかたって、金やら物やらを盗《ぬす》む、悪い奴《やつ》らがおるでね、用心せんといけん」

「そう！　そう！」

又三郎《またさぶろう》の幽霊《ユーレイ》がうれしそうに、ユラユラうなずきます。

「あんたたちにカギをあずけたのは、あんたたちがものすごく疑《うたぐ》り深くて、用心深いタヌキだからだったのである！」

ほめられたと思ったのか、大きい方のタヌキは得意《とくい》そうに胸《むね》をはり、ポコポンとお腹《なか》をたたきました。

「でも、たしかめるって、どうやってたしかめるの？　ちょっと、かじってみるとか？」

おばあちゃんが質問《しつもん》しました。

答えたのは、小さい方のタヌキです。

「今から、三つ、問題を出すでやんす。それに答えられれば、あんたがたしかに猫《ねこ》の又三郎《またさぶろう》の幽霊《ユーレイ》だと認《みと》めるでやんす。でも一問でもまちがえば、その時は、カギはわたせないでやんす」

「ようし！　タヌキのクイズ大会だあ！　オレも、がんばるぞ！」

はりきっているマアくんをろくろっ首《くび》ママがあわてて、たしなめました。

「マアくんは、がんばらなくていいのよ。あなたは関係《かんけい》ないんだから、だまっていなさい」

「チェッ！　チェッ！　チェッ！」と、マアくんは、地団駄《じだんだ》をふみました。

「では、第一問」

大きい方のタヌキが言いました。

「わしらの名前を答えんさい。又三郎《またさぶろう》なら、知っとるはずだからな」

でも、又三郎《またさぶろう》は、ポンとひかれたひょうしに、自分の名前まで忘《わす》れてしまっていたのです。タヌキ兄弟の名前をちゃんと、答えられるでしょうか？　ほら、やっぱり、なやんでいます。猫《ねこ》の形をしていた黒いモヤモヤが、ぐちゃぐちゃのぐにゃぐにゃになっているのを見ればわかります。

タヌキ兄弟の名前を思い出そうと、必死《ひっし》に頭をしぼっているのにちがいありません。

その時です。

他のみんなには聞こえないくらいの、小さな、小さな声で、さっちゃんが幽霊《ユーレイ》にささやきました。

「ポンポコピーと、ポンポコナー」

ぐにゃぐにゃに乱《みだ》れていた黒い影《かげ》が、もと通りのモヤモヤの猫《ねこ》になりました。そしてモヤモヤの幽霊《ユーレイ》は、大きな声で答えたのです。

「あんたたちの名前は、ポンポコピーとポンポコナーだ」

「そのとおり！」

大きい方のタヌキが言いました。どうやら、このタヌキが兄のポンポコピーのようです。

弟のポンポコナーも、ポポンとお腹《なか》をたたいて「正解《せいかい》！」と叫《さけ》びました。もちろん、これは、相手の心の中をのぞいて見られるさっちゃんのサポートのおかげだったんですけれどね。

その後も、さっちゃんのおかげで又三郎《またさぶろう》の幽霊《ユーレイ》は順調《じゅんちょう》に、タヌキ兄弟の質問《しつもん》をクリアすることができました。

「又三郎《またさぶろう》の好物《こうぶつ》と、苦手なものは？」の答えは、「塩《しお》ジャケのしっぽと、石けんの匂《にお》い」でした。

「又三郎《またさぶろう》にけんかで勝った、三丁目のブチ猫《ねこ》の名前」は、「ブッチャー」でした。

こうして、又三郎《またさぶろう》の幽霊《ユーレイ》は三問連続《れんぞく》で、タヌキ兄弟の質問《しつもん》に正解《せいかい》したのです。

「おめでとう！」

兄のポンポコピーが、黒いモヤモヤの又三郎《またさぶろう》に向かって言いました。

「あんたは、たしかに又三郎《またさぶろう》の幽霊《ユーレイ》でやんす」

弟のポンポコナーも、おごそかに言いました。

そして、タヌキ兄弟は、本堂《ほんどう》のおくの秘密《ひみつ》の隠《かく》し場所から、銀色のカギを一本持ってきて、又三郎《またさぶろう》の幽霊《ユーレイ》に手わたしたのです。

「いやあ、おタヌキ兄弟、カギをちゃんと守っていてくれて、ありがとうなのである。また、新しい命で生き返ったら、あんたらの好物《こうぶつ》のシャケの頭でも持ってくるから、待っていてくれである」

上機嫌《じょうきげん》の又三郎《またさぶろう》の幽霊《ユーレイ》はそう言って、うれしそうに、モヤモヤの体をゆすりました。

「さあ、これで、用事はすんだでしょ？　じゃあ、今度こそ、海ぼうず温泉《おんせん》に行けるわよね？　もう、お腹《なか》、ぺこぺこ」

やまんばおばあちゃんが言いましたが、そうはいきませんでした。

「いや、これから、命の宝箱《たからばこ》のありかまで行かねばならないのである。なにせ、明日のま夜中までに、スペアの命を手に入れんとまにあわないのであーる」と、又三郎《またさぶろう》が言いました。

「ぐるるるる……」

おばあちゃんがおこって、うなります。

「それで？　そのありかっていうのは、どこなんです？」

ため息まじりにたずねるヌラリヒョンパパに、又三郎《またさぶろう》の幽霊《ユーレイ》が答えました。

「そう遠い所じゃないのである。吾輩《わがはい》のふるさとまでドライブするである。ドロロン村という小さな村まで、さあ、みんなで、レッツゴー！」

「ドロロン村だって!?」と、ヌラリヒョンパパが叫《さけ》びました。

パパがおどろくのもむりはありません。

「どっかで聞いた名前じゃな」と、おじいちゃんが言いました。

おじいちゃんがそう思ったのもとうぜんです。

だって、そのドロロン村こそ、今ヌラリヒョンパパが働《はたら》いている村だったのです……というか、つまり、パパは今、ドロロン村の村役場で毎日お仕事をしているのです。

じつは、ドロロン村という村は近年すっかり人口がへり、住んでいるのは三人のおばあさんだけというさびしい村でした。そこで、おばあさんたちは三人で相談して、新しい村の住民《じゅうみん》を募集《ぼしゅう》することにしました。〃いじわるなかたは、おことわり。心やさしいかたなら、だれでも大かんげい！〃と書いた、募集《ぼしゅう》のチラシを風船でそこらじゅうに飛《と》ばしたのです。住民《じゅうみん》募集《ぼしゅう》作戦《さくせん》は大成功《だいせいこう》！チラシを見て、ぞくぞく新しい住民《じゅうみん》がやってきたのですが、やってきたのは人間だけではありませんでした。なんと、妖怪《ようかい》も集まってきたのです。だって、チラシには〃心やさしい人〃ではなくて〃心やさしいかた〃って書いてありましたからね。おばあさんたちは、もちろん、妖怪《ようかい》の住民《じゅうみん》も村にむかえることにしました。こうして妖怪《ようかい》と人間がいっしょにくらすことになったドロロン村の村役場にはけんされたのが、ヌラリヒョンパパです。ヌラリヒョンパパなら、人間のことも、妖怪《ようかい》のことも、よくわかっていますからね。パパは村のみんながなかよくくらせるように毎日、ドロロン村の村役場で働いているのです。

「まあ、ドロロン村って、あのドロロン村!?　一度、行ってみたいと思ってた

心やさしいかた
◎大募集
ドロロン村

のよ。パパの働《はたら》いている役場の村へ」

ろくろっ首《くび》ママが、うきうきした調子で言いました。

「そこって、レストランは、あるの？」

やまんばおばあちゃんが、たずねたので、パパは答えてあげました。

「レストラン、ていうわけじゃないですけどね、カフェ・マフィンていう喫茶《きっさ》店《てん》がありますよ。フカフカの焼《や》きたてマフィンが名物で、他にも、スパゲティや、サンドイッチや、ちょっとした食事もできるんです。挽《ひ》きたてのコーヒーの味がまた絶品《ぜっぴん》で……」

「行きましょ」

やまんばおばあちゃんが、きっぱり言いました。

「ぐずぐずしてる場合《ばあい》じゃないわ。早く、又三郎猫《またさぶろうねこ》の命のスペアを取りに行かなくっちゃ」

さっちゃんが、じろりとおばあちゃんを見ます。

「〝ぐずぐずしてる場合《ばあい》じゃないわ。早く、マフィンとスパゲティとサンドイッチにありつかなくちゃ〟って、ほんとは思ってるよね」

「どっちだって、いいでしょ？」

やまんばおばあちゃんは、さっちゃんをにらみ返して言いました。

「とにかく、善《ぜん》は急げ、ってことよ」

「ドロロン村まで、ここから車でどれぐらいかかるの？」

一つ目小僧《こぞう》のハジメくんが聞きました。

「そうだなあ、車だと二時間くらいはかかるだろうね」と、パパが答えます。

「ドライブ、ドライブ、ヒャッホー！」と、マアくんがとびはねました。

そういうわけで、九十九《つくも》さんちの七人は、タヌキ兄弟に別《わか》れをつげ、又三郎《またさぶろう》猫《ねこ》の幽霊《ユーレイ》を車の天井《てんじょう》にのっけ、ドロロン村めざして出発《しゅっぱつ》することになったのです。

町をぬけ、大きな川をわたり、またまた別《べつ》の町の通りを走りぬけ、車は進んでいきました。

ヌラリヒョンパパはいつも、仕事の時には家とドロロン村との往復《おうふく》を瞬間移《しゅんかんい》動《どう》ですませています。だからこうやって車に乗って、ドロロン村へ出かけていくのは初《はじ》めてでした。

坂道を上《のぼ》った先の三つ目の町を通りぬけてからは、道の両側《りょうがわ》には田んぼが広がり、車の行く手には山並《やまな》みが迫《せま》ってきました。

あたりはまっ暗。でも走っていくうちに、少しずつ朝が近づく気配が広がります。山の端《は》の空に、ぼんやり、かすかな光がにじみ出てくるのがわかりました。

「いい所ねえ」

助手席《じょしゅせき》の窓《まど》から辺《あた》りの風景《ふうけい》をながめ、ママがしみじみと言いました。

車の上で、又三郎猫《またさぶろうねこ》の幽霊《ユーレイ》が大声でどなっているのが聞こえました。

「おお、一年ぶりのふるさとであーる！

空は広く、水、きよし！」

「ナビによると、あと二十分で目的地《もくてきち》のドロロン村だよ」と、パパが言いました。

九十九《つくも》さんちのみんなは、びゅんびゅん後ろに飛《と》びすぎていく、車の窓《まど》からの景色《けしき》を興味《きょうみ》しんしん、目をランランとかがやかせて見ています。こうして、長いドライブの末《すえ》、みんなはドロロン村にたどり着いたのです。

夜明け前の闇《やみ》の中で村は、しんとしずまっているようでした。

「まだ、みんな寝《ね》てるのかしら？」

ろくろっ首《くび》ママが言います。

「マフィンのお店は、もう開いてる？」

おばあちゃんが、ギラリと光る目で暗い村を見回しながら言いました。

「いやあ、さすがに、カフェ・マフィンはまだ開いていませんよ。でも、村の妖怪《ようかい》たちは起きているはずですけどね」

ヌラリヒョンパパはそう言って、車を村の入り口に停車《ていしゃ》させたまま、運転席《せき》の窓《まど》を開けました。

「おーい、又三郎《またさぶろう》さん。ドロロン村に着きましたよ。これから、どっちへ行けばいいんだい？」

窓《まど》から首をつき出してたずねるパパに、天井《てんじょう》の上から、又三郎猫《またさぶろうねこ》の幽霊《ユーレイ》が答えました。

「大きな×印《ペケじるし》のある所だ」

「えっ？」

意味がわからず、パパは隣《となり》の席《せき》のママと顔を見合わせます。

今度はママが窓《まど》を開け、そこからニューッと首をのばして、又三郎猫《またさぶろうねこ》と顔をつき合わせ、もう一度質問《しつもん》しました。

「大きな×印《ペケじるし》のある所って、どこかしら？　どこかに目印《めじるし》のバツ印《じるし》がつけてあるっていうことですか？」

「吾輩《わがはい》にも、わからない」

又三郎猫《またさぶろうねこ》の幽霊《ユーレイ》は、そう言いました。

「おぼえているのは、それだけだ。ふるさとのドロロン村のどこか……。そこに大きな、×印《ぺケじるし》があって、そこに命の宝箱《たからばこ》は隠《かく》してある……はずだと思う」

「なんで、そんな大事なこと忘《わす》れちゃったりするんだろ」

ハジメくんが、あきれたようにつぶやきました。

どうやら、そのハジメくんの言葉は、又三郎猫《またさぶろうねこ》にも聞こえたようでした。
もやもやの猫《ねこ》の幽霊《ユーレイ》は、天井《てんじょう》の上でユラユラしながら説明《せつめい》しました。
「何度も言っておるように、吾輩《わがはい》は、ポンと車にはねられた時、ポンといろんなことを忘《わす》れてしまったのだ。それに、そもそも、死んでから時間がたつにつれ、生きておったころの記おくは、だんだんうすれてゆくものだ。あと一日で、スペアの命を手に入れるためのリミットの二週間なのだからな。いろいろ、どんどん忘《わす》れても当たり前なのである」

「フン！　なんだか、いばってて、やな感じ」と、やまんばおばあちゃんが言いました。

「忘《わす》れてしまったのはしかたないとして……」

ヌラリヒョンパパが言いました。

「とにかく、早く、×印《ペケじるし》を見つけなくては……。ハジメくん、おまえのその千里眼《せんりがん》で、この村のどこかに、大きな×印《ペケじるし》がないか、見つけてくれないか」

「あるよ」

すぐに、ハジメくんが答えました。

「ほら、そこにも一つ」

そう言って、ハジメくんが指さしたのは、車が停《と》まった少し先の道端《みちばた》の標識《ひょうしき》でした。

「よし！　オレさまに、まかせろ！」と、マアくんが、バタンとドアを開け、外へ飛《と》び出《だ》しました。

「あっ！　マアくん待って！」と、ママ。

「マアくん、ちょっと、ストップ！」と、パパ。

しかし、マアくんは止まりません。

ハジメくんが見つけた、道端《みちばた》の交通標識《ひょうしき》の所へすっ飛《と》んでいくと、いきなり、その標識《ひょうしき》を根っこから、エイヤ！っと、ひっこぬいてしまったではありませんか。

それは、たしかにバツ印《じるし》を描《か》いた標識《ひょうしき》でした。青色のバックに、赤いバツ印《じるし》。

車から下りて追っかけてきたパパが、ひっこぬかれた標識《ひょうしき》を見て、大きなため息をもらしました。

「マアくん、交通標識《ひょうしき》をひっこぬいてはいけないよ。今すぐ、元通り地面につきさすんだ。これはね、〝駐停車禁止《ちゅうていしゃきんし》〟っていう標識《ひょうしき》なんだよ」

そう言ってからパパは、車の方をふり返って、又三郎猫《またさぶろうねこ》の幽霊《ユーレイ》にたずねました。

「どうだい？　この標識《ひょうしき》が、君の言ってた×印《ペケじるし》かな？　見覚《みおぼ》えは、あるかい？

なんなら、この標識《ひょうしき》のそばの地面をほってみてもいいけど……」

「うーむ……」

又三郎猫《またさぶろうねこ》の幽霊《ユーレイ》は、ユラユラしながら考えこんでいます。

「だけど、この×印《ペケじるし》なら、村の中に、いっぱいあるよ」

ハジメくんも車を降《お》りてきて、暗がりの中を見回しています。

「あっちにも、こっちにも、ずうっと向こうの道端《みちばた》にも……。他に、白に赤い×印《ペケじるし》もあるけど……」

「白に赤い×印《ペケじるし》は〝通行禁止《きんし》〟の標識《ひょうしき》だな」

免許《めんきょ》を取るために勉強したおかげで、ヌラリヒョンパパは交通標識《ひょうしき》にくわしいのです。

「しかし標識《ひょうしき》は一本だけじゃなくて、町のあちこちにあるんだから、宝箱《たからばこ》の目《め》印《じるし》にはならないんじゃないかな」

ヌラリヒョンは大きな頭をかしげて、考えこみました。

「ハジメくん、他に、もっとちがう×印《ペケじるし》はないかな？」

「あるよ」と、またハジメくんが言いました。

「道路の上に、でっかい×印《ペケじるし》が描《か》いてあるのが見える」

「それだ！」と、又三郎猫《またさぶろうねこ》が叫《さけ》びました。

「きっと、それにちがいないのであーる！」

「じゃあ、行ってみるか」と、パパが言いました。

みんなはまた車に乗りこみ、ハジメくんの案内《あんない》で、道路に描《か》かれたバツ印《じるし》の所まで、村の道路を走っていきました。

「ほら、あそこ」

フロントガラス越《ご》しに、ハジメくんの指さす道路の上を見つめながら、パパは車を停《と》めました。

たしかに、黄色い大きなバツ印《じるし》がアスファルトの路面に描《えが》かれています。バツ印《じるし》の前には、ぐるんと曲がった黄色い矢印《やじるし》が一つ。

「これは、U《ユー》ターン禁止《きんし》のマークだなあ」

郵便はがき

おそれいりますが切手をおはりください。

101-0062

〈受取人〉

東京都千代田区神田駿河台2-5

株式会社 理論社

読者カード係 行

お名前（フリガナ）

ご住所 〒　　TEL

e-mail

書籍はお近くの書店様にご注文ください。または、理論社営業局にお電話ください

代表・営業局：tel 03-6264-8890　fax 03-6264-8892

理論社

https://www.rironsha.com

ご愛読ありがとうございます

読者カード

●ご意見、ご感想、イラスト等、ご自由にお書きください。

●お読みいただいた本のタイトル

●この本をどこでお知りになりましたか？

●この本をどこの書店でお買い求めになりましたか？

●この本をお買い求めになった理由を教えて下さい

●年齢　　　歳　　　●性別　男・女

●ご職業　1. 学生（大・高・中・小・その他）　2. 会社員　3. 公務員　4. 教員
5. 会社経営　6. 自営業　7. 主婦　8. その他（　　　　）

●ご感想を広告等、書籍のＰＲに使わせていただいてもよろしいでしょうか？
（実名で可・匿名で可・不可）

ご協力ありがとうございました。今後の参考にさせていただきます。

ご記入いただいた個人情報は、お問い合わせへのご返事、新刊のご案内送付等以外の目的には使用いたしません。

ヌラリヒョンパパは言いました。

「このマークも村の道路の、あちこちにあるぞ。おーい、又三郎《またさぶろう》さん、本当に、君のさがしてる目印《めじるし》はこれなのかい？」

「うーむ、む、む、む、む……」

又三郎猫《またさぶろうねこ》の幽霊《ユーレイ》は、またまた考えこんでいます。たぶん、このバツ印《じるし》もちがっているようです。一つだけではなく、いくつも同じバツ印《じるし》があったのでは、目印《めじるし》になりませんものね。

「もしかしたら、どこかの建物《たてもの》の壁《かべ》とか、木の幹《みき》に×印《ペケじるし》が記してあるんじゃないかしら？」

ろくろっ首《くび》ママが意見を言いましたが、そこら中を見回していたハジメくんは「ううん」と首を横にふりました。

「そんな印《しるし》のついた木も建物《たてもの》もないよ」

困《こま》ったことになりました。せっかく、宝箱《たからばこ》の隠《かく》してあるドロロン村までやって来《き》たというのに、かんじんの大きな×印《ペケじるし》が見つけられなければ、隠《かく》し場所がわかりません。

もう夜が明けます。

東の空がしらんできました。

ヌラリヒョンパパは、ホウッと一つ息をつくと、言いました。

「村の人に聞いてみれば、何かわかるかもしれない。この村に一番古くから住んでいる三人のおばあさんたちが、もうじき、カフェ・マフィンに集合する時間だぞ。私《わたし》たちも行ってみよう」

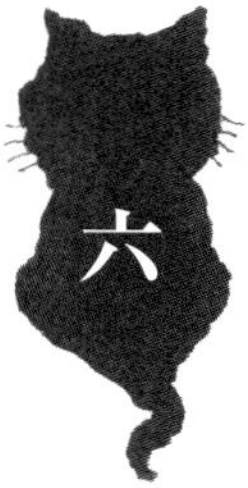

ヌラリヒョンパパは、みんなを乗せた車を運転して、村のまん中を走る通りを進んでいきました。

「ほら、あれが村役場だよ。パパはいつも、あそこで仕事をしているんだ」

「まあ、あれが、パパの仕事場なのね」

ろくろっ首ママが窓《まど》ごしに、ドロロン村役場の建物《たてもの》を見て言いました。

九十九さんちのみんなは、化野《アダシノ》市役所に勤《つと》めていたパパがドロロン村の村役場にはけんされることになったのは知っていましたが、パパが働いている役場を見るのは初めてでした。みんな車の窓《まど》ごしに、役場の建物を興味《きょうみ》しんしんでながめています。

村役場の前を過《す》ぎると、すぐに、ドロロン村でたった一軒《けん》の喫茶店《きっさてん》、カフェ・マフィンが見えてきました。

まだうす暗い中、店にはもう明かりがともっています。カフェ・マフィンをきりもりしているのは、マフィンさんというおばあさんです。もちろん、マフィンさん、というのはあだ名なんですが、マフィンみたいにふっくらしたマフィンさんは、村中《じゅう》の人から、このあだ名で呼《よ》ばれていましたから、もう自分でも本当の名前を忘《わす》れてしまいそうなほどでした。

「見て！　明かりがついてるよ」とハジメくんが言いました。

「お店が開いてるってことね？　じゃあ、マフィンとか、サンドイッチとか、スパゲティも食べられるってことよね？」

おばあちゃんも、はりきって言いました。

「お店のオープンまでは、まだ少し時間がありますが、どうやら、マフィンさ

んはもう起きているみたいですね」

そう言いながらパパは、カフェ・マフィンのお隣《となり》の空き地に車を停《と》めました。

「みんなで、いきなり押《お》しかけると、マフィンさんがびっくりするかもしれないな。まず私《わたし》が一人《ひとり》で行ってくるから、ちよっと車で待っててもらえるかな？」

そう言って、パパは一人《ひとり》、車を降《お》りていきました。

オープン前のお店の中に勝手に入っていくのは申しわけないので、まず、ドアの前に立つと、パパは、トン、トンとノックをしました。

「はーい、どなた？」

そう答える声がして、店のドアが開きました。出てきたのは、マフィンさんです。

マフィンさんは、ヌラリヒョンパパを見ると目を丸くしました。

「ヌラリヒョンパパ、ずいぶんお早いわね。それに、あなたの後ろにいる人たちは、どなたなの？」

「えっ？」と、後ろをふりむいたパパは、びっくりしました。

車で待っているように言っておいた家族全員が、後ろにくっついてきてしまっていたのです。

「待っててって、言ったのに……」

ブツブツ言うパパを見て、見越《みこ》し入道《にゅうどう》おじいちゃんが、ちょっと肩《かた》をすくめました。

「そんなこと言って、一人《ひとり》だけ先に、ごちそうにありつくつもりなんじゃないの？」と、おばあちゃんが言いました。

Coffee
Cafe
Muffin
Coffee
コーヒー
カフェラテ
ke Out
open
9:00-18:00

パパは、こまった家族を見回すと、やれやれというようにため息をもらし、あらためて、マフィンさんの方に向き直りました。

「朝早くから、すみません。じつは、ちょっとお知恵《ちえ》をお借《か》りしたいことがあって、うかがったんです。これは、私《わたし》の家族でして、今日は家族でドライブ……の予定だったんですが、途中《とちゅう》、ちょっとしたアクシデントに見まわれまして、ええと、そのアクシデントというのは……」

パパの話を聞くうちに、マフィンさんの目は、どんどん大きく、まん丸になっていきました。そして、とうとう、がまんできなくなったのか、パパの話を途中《とちゅう》でさえぎると、大きな声で叫《さけ》んだのです。

「家族ですって？　ヌラリヒョンパパの家族っていうこと？　ファミリーっていうことね？　じゃあ、みなさん、妖怪《ようかい》なの？」

「はい、そうです」

ヌラリヒョンパパはうなずいて、六人の家族をマフィンさんに紹介《しょうかい》しました。

「こちらは、私《わたし》の妻《つま》のろくろっ首《くび》ママです」

「はじめまして、どうぞよろしく」

そう言いながらママは、ちょっと首をのばしてみせました。

「まあ！　ステキ！」と、マフィンさん。

「こちらは、見越《みこ》し入道《にゅうどう》おじいちゃんと、やまんばおばあちゃんです」

見越《みこ》し入道《にゅうどう》おじいちゃんは「よろしく」と、かっこをつけて言いました。

「こんにちは。ここってておいしいマフィンを、食べさせてくれるのよね？　それに、サンドイッチとスパゲティも」

やまんばおばあちゃんは開いた戸口のおくから流れ出てくるにおいに、鼻をひくつかせています。店ではどうやらもう、マフィンを焼《や》き始めているようです。それにコーヒーのいい香《かお》りもただよってきています。

「ええ、もちろん。もちろんですとも！」

マフィンさんが、力をこめてうなずきます。

ヌラリヒョンパパは最後《さいご》に三人の子どもたちを紹介《しょうかい》しました。

「これが、わが家の子どもたちです。一番上が一つ目小僧《こぞう》のハジメくん。二番目がアマノジャクのマアくん。そして三番目の女の子が、サトリのさっちゃんです」

「まあ！　まあ！　まあ！」

マフィンさんは大興奮《だいこうふん》で、ハジメくんと、マアくんと、さっちゃんのことを見つめました。

「ヌラリヒョンパパの子どもさんですって!?　みんな、なんて、かわいくて、おりこうそうなんでしょ！」

一つ目小僧《こぞう》を見てもへっちゃらなマフィンさんを見て、ハジメくんは一つ目玉をパチクリさせながら頭をぺこりと下げました。

妖怪《ようかい》と人間がなかよくくらす村ではだれも妖怪《ようかい》を見ておどろいたりはしないのです。

「オイ！　ぼくは、おりこうなんかじゃないぞ！」と、地団駄《じだんだ》をふむマアくんを、ろくろっ首《くび》ママが「これ、マアくん」とたしなめました。

「おじょうちゃんは、いくつなの？」

マフィンさんがさっちゃんにたずねます。

「三百六十二歳《さい》」

さっちゃんの答えを聞いたマフィンさんはまたまた大興奮《だいこうふん》。

「まあ！　まあ！　まあ！　三百六十二歳《さい》ですって!?　さすがは、妖怪《ようかい》。ちっとも年をとってるようには見えないわね！」

全員の紹介《しょうかい》が終わると、マフィンさんは九十九《つくも》さん一家を、お店の中にまねき入れました。

「さあ、さあ、どうぞ、入ってちょうだい。今、焼《や》きたてのマフィンを持ってきますね。それから、ちょっと、友だちの所に電話をしなくっちゃ！　ヌラリヒョンパパの家族がお店に来《き》てるわよ、って、知らせたら、二人《ふたり》ともびっくりぎょうてんして、大よろこびでかけつけてくるわよ！」

マフィンさんが電話をかけようとしている二人《ふたり》の友だちというのは、ドロロン村でたった一軒《けん》の雑貨屋《ざっかや》〝ナンジャモンジャ商店〟をやっているナンジャさんと、村でたった一軒《けん》のドロンパ診療所《しんりょうじょ》のドロンパ先生でした。

マフィンさんは、店の中をキョロキョロ見回している九十九《つくも》さん一家のみんなに、焼《や》きたてホカホカのマフィンを、どっさり出してくれました。

「まあ！　ほんとに、フカフカのフワフワ！　どうやったら、こんなにフンワり焼《や》けるのか、あとでレシピを教えてもらわなくっちゃ」

そう、ろくろっ首《くび》ママが言っている間に、やまんばおばあちゃんはもう三個《こ》目のマフィンをパクンとのみこんでいます。

マフィンさんは、ヌラリヒョンパパたちにおいしいコーヒーもいれてくれました。

そうやってみんなが、食べたり飲んだりしている間に、お店には、マフィンさんの友だちのおばあさんたちがやってきました。
雑貨屋《ざっかや》のナンジャさんと、診療所《しんりょうじょ》のドロンパ先生です。三人の家は、ご近所どうしでしたから、電話をかければ、すぐに飛《と》んでこれるのです。

「おやまあ、おどろいた。ヌラリヒョンパパの家族のみんなに会えるなんて！

妖怪《ようかい》一家が勢《せい》ぞろい……っていうわけだね」

ナンジャさんが店に入ってくるなり、言いました。

「みなさん、はじめまして。ようこそ、ドロロン村へ！　ところで、今日は何しに、村までいらしたんですか？　こんな朝早くから……」と、ドロンパ先生。

「あっ！」と、ヌラリヒョンパパが言いました。

「しまった、又三郎《またさぶろう》さんのことを、すっかり忘《わす》れていたぞ！」

「まあ、大変《たいへん》。きっと、車の上で、だれかが呼《よ》びに来《き》てくれるのを待ってるわよ」とママ。

あわててパパが、又三郎猫《またさぶろうねこ》の幽霊《ユーレイ》を呼《よ》びに行ったのですが、結局《けっきょく》、幽霊《ユーレイ》は、マフィンさんのお店には入ってきませんでした。

明るくて、人がいっぱいいて、にぎやかな所は苦手なのだそうです。

たしかに、カフェ・マフィンはその日、朝もまだ早いというのに、いつになく大にぎわいでした。人間と妖怪《ようかい》、あわせて十人が、小さなお店の中でひしめいていたんですからね。

「吾輩《わがはい》は、ここで待っている。とにかく急いで、命の宝箱《たからばこ》を隠《かく》した、大きな×《ペケ》印《じるし》がどこにあるのかつきとめてくれ」

そうたのまれたヌラリヒョンパパは、カフェ・マフィンにもどって、飲んだり食べたりしているみんなのことは放っておいて、三人の村のおばあさんたちに、今までの事情《じじょう》を説明《せつめい》したのです。

「どうでしょう？　宝箱《たからばこ》のありかの目印《めじるし》となる大きな×印《ペケじるし》にお心当たりはないでしょうか？」

「うーん」と、三人のおばあさんたちは、考えこみました。

「たしかに、交通標識《ひょうしき》や道路の標識《ひょうしき》なら、でっかい×印《ペケじるし》は、よく見かけるけど、それ以外《いがい》に目につく、でっかい×印《ペケじるし》なんて、ちょっと思いつかないけどねぇ」と、ナンジャさん。

「一つ目小僧《こぞう》のぼうやの千里眼《せんりがん》で見ても、×《ペケ》の印《しるし》は見つからなかったんでしょう？　じゃあ、やっぱり、そんなもの、ないんじゃないの？」と、マフィンさん。

すると、ドロンパ先生が、ぴかりとメガネを光らせて意見を言いました。

「もしかしたら、実際《じっさい》に町の中に印《しるし》があるんじゃなくて、地図の中の印《しるし》ってことはないでしょうか。地図記号の×印《ペケじるし》の所が、宝箱《たからばこ》の隠《かく》し場所ってことは？」

「地図記号の×印《ペケじるし》って？」

マフィンさんが首をかしげます。

「えーと……たしか……」

ドロンパ先生は、考え考え言いました。

「警察署《けいさつしょ》とか、交番のマークは×印《ペケじるし》だったと思いますよ」

「だけど、ドロロン村には警察《けいさつ》も交番もないじゃないか。あるのは役場だけだよ」と、ナンジャさんが言いました。

「昔は、交番があったわよ。村の人口が減《へ》っちゃって、そうするうちに、交番もなくなっちゃったんだと思うわ。だけど、まだ、交番だった建物《たてもの》は残《のこ》ってるんじゃないかなぁい？」

マフィンさんがそう言ったもので、三人のおばあさんは「交番は、どこだったかなぁ」と思い出そうとしているようでした。

そしててんでに考えこんでいた三人は、やがて同時に叫《さけ》んだのです。

「ナンジャモンジャ商店！」

「そうよ、ナンジャヤさんのお店よ！　あのお店の建物《たてもの》が、もと交番の建物《たてもの》だったんじゃない！」

マフィンさんが言うと、ナンジャヤさんも、「うん、うん、うん」と、三度うなずいて言いました。

「そうだった！　二十年前、交番がなくなっちゃって、あの建物《たてもの》がからっぽのままほったらかしになってたから、それで、もったいないと思って、あそこで雑貨屋《ざっかや》をオープンしたんだった！」
ヌラリヒョンパパは、びっくりしながらおばあさんたちの話を聞いて

いましたが、ゆっくりと口を開きました。

「それでは、もしや、又三郎猫《またさぶろうねこ》の命の宝箱《たからばこ》は、ナンジャモンジャ商店のどこかに隠《かく》されている……ということですか？」

ドロンパ先生は、大きく一つ息をつき、パパに向かって言いました。

「それは、わかりませんよ。地図には他にも×印《ペケじるし》みたいな記号がありますからね。例《たと》えば病院のマーク。十字の記号は、×印《ペケじるし》と言えなくもないでしょう？」

「では、ドロンパ診療所《しんりょうじょ》も怪《あや》しいと!?」

ヌラリヒョンパパが目を見はります。

「それなら、お寺のマークだって、そうなんじゃない？　卍《まんじ》の形って、×印《ペケじるし》に似《に》てるわよ」

マフィンさんが言うのも、もっともでした。

「とにかく、行ってみたらどうだい？」

ナンジャさんが提案《ていあん》しました。

「ナンジャモンジャ商店と、ドロンパ診療所《しんりょうじょ》。それから、ついでに、化《ば》けギツネ一家が住んでる村はずれの満福寺《まんぷくじ》。行ってみれば、その猫《ねこ》の幽霊《ユーレイ》さんも思い出すんじゃないのかね。もし、そこが宝箱《たからばこ》の隠《かく》し場所なら、きっと、〝ここだ！〟って思い出せるはずだよ」

たしかにそれは、いいアイデアのように思われました。

行ってみれば、本当に宝箱《たからばこ》がみつかるかもしれません。もし、みつからないにしても、村の中をあちこち見て回れば、×印《ペケじるし》の新しい手がかりに気がつくということもあるでしょう。

「よし！　行ってみましょう」と、ヌラリヒョンパパは大きくうなずきました。

三人のおばあさんのうち、マフィンさんはお店を放っておくわけにはいかないので、残《のこ》ることになりました。

やまんばおばあちゃんは、マフィンを食べ終わって、次はサンドイッチを食べようとはりきっていたので、みんなにはついて行かない、と言いました。

「どうぞ、おかまいなく。あたしは、ここでサンドイッチとスパゲティを食べて、待ってますからね」

そういうわけで、ヌラリヒョンパパとろくろっ首《くび》ママ、見越《みこ》し入道《にゅうどう》おじいちゃんと、九十九《つくも》さんちの三きょうだい、それから、ナンジャさんとドロンパ先生の八人は、又三郎猫《またさぶろうねこ》の幽霊《ユーレイ》とともに、地図に記された×印《ペケじるし》の場所を回ってみることにしました。

「ねぇ、黒いモヤモヤしたのが、あたしの肩《かた》にくっついてるんだけど、ひょっとして、これが猫《ねこ》の幽霊《ユーレイ》？」と、ナンジャさん。

そうなのです。車の上から下りた又三郎猫《またさぶろうねこ》の幽霊《ユーレイ》は、どういうわけか、ナンジャさんの右肩《みぎかた》が気に入ったらしく、ぴったりくっついているのでした。

「吾輩《わがはい》は、又三郎猫《またさぶろうねこ》の幽霊《ユーレイ》である。お世話になるのである」

そうあいさつをする又三郎猫《またさぶろうねこ》の幽霊《ユーレイ》とともに、一行は、命の宝箱捜《たからばこさが》しに出発《しゅっぱつ》したのです。

七

宝箱捜《たからばこさが》しの一行は、定員オーバーなのでパパの車に乗るのはあきらめて、歩いて村の中を回ることにしました。

「犬も歩けば棒《ぼう》に当たるって言うよ」と、ナンジャさんが言いました。

「こうやって、歩いてるうちに、なんか手がかりがみつかるかもしれないね」

そこで、みんなは、どこかに宝箱《たからばこ》のありかをしめす目印《めじるし》がないかと、目を配りながら、ナンジャモンジャ商店まで歩いていきました。

その日ドロロン村の上空は、薄《うす》い雲におおわれていたので、太陽の日ざしは、やわらかく、ふんわりと辺《あた》りをつつみこんでいました。まぶしく強い日ざしが苦手な妖怪《ようかい》たちにとっては、すごしやすいお天気です。残念《ざんねん》ながら雨雲がやってくる気配はありませんでしたけれどね。

みんなは、通りのあちこちにキョロキョロと目を配り、何か手がかりはないものかと注意しながら歩いていきました。ろくろっ首《くび》ママは、時おり首をのばして、遠くの方まで見わたしたり、道ぞいの木のこずえをのぞきこんだりしています。マアくんは、石をけとばしたり、道端《みちばた》の茂《しげ》みの中にとびこんだりしながら、ずっと、へんてこな歌を歌っています。

「タンケン、タンケン、タンケン、ケン！

宝《たから》さがしの、タンケン、ケン！

ウッシシ、ウシシ、ウシシのシ！」

なぜか、マアくんの歌に、さっちゃんが合いの手を入れ始めました。

「タンケン、タンケン、タンケン、ケン！」

「あ、ヨイショ」

「宝《たから》さがしの、タンケン、ケン！」

「あ、ドッコイ」

「ウッシシ、ウシシ、ウシシのシ！」

「あ、ソレ」

ハジメくんは、集中しているようです。時おり、一つ目玉がピカリと光ります。目印《めじるし》をみつけようと、先頭を行く見越《みこ》し入道《にゅうどう》おじいちゃんが、大きなのびをしました。その時、そのひょうしに、おじいちゃんの身長が三メートルも、伸《の》びるのを見て、ナンジャさんと、ドロンパ先生は思わず拍手《はくしゅ》を送りました。

「すごいねぇ！　正真正銘《しょうしんしょうめい》の見越《みこ》し入道《にゅうどう》さんだ！」と、ナンジャさん。

「すばらしいですね！　なんという伸縮性《しんしゅくせい》！」と、ドロンパ先生。

ほめられたおじいちゃんが、得意気《とくいげ》に胸《むね》を張《は》ります。

「なんなら、もっと巨大《きょだい》になってやってもいいぞ」

「おじいちゃん、ストップ。それは、また今度にしてください」と、ヌラリヒヨンパパがおじいちゃんをたしなめます。

一行はもう、ナンジャモンジャ商店の前まで来《き》ていたのです。

「さあ、着いたよ」と、ナンジャさんが言いました。

「ここが、もと交番だった場所だけど、どうだい？　この近くに宝箱《たからばこ》はありそうかい？」

ナンジャさんは、自分の右肩《みぎかた》にひっついている、猫《ねこ》の又三郎《またさぶろう》の幽霊《ユーレイ》にたずねました。

「うーん」と、黒いモヤモヤの幽霊《ユーレイ》がうなります。

「何か、思い出しませんか？　この建物《たてもの》に見覚《みおぼ》えは？」

今度は、ドロンパ先生がたずねました。

「うーん」と、又三郎猫《またさぶろうねこ》の幽霊《ユーレイ》は、再《ふたた》びうなります。

「うーん、じゃわからん。イエスかノーか、はっきり、せい」

おじいちゃんに、きびしく言われ、又三郎猫《またさぶろうねこ》は答えました。

「知っているよな、いないよな。よく、わからないのである」
「じゃあ、中も見てみるかい？」
ナンジャさんが提案《ていあん》します。

「もちろん、交番だったころとは、まるっきりちがっちゃってるけど、ぐるっと建物《たてもの》の中も回ってみるといいよ。何か、ヒントがあるかもしれないからね」

そういうわけで、みんなはゾロゾロと、ナンジャモンジャ商店の中に入っていきました。

所せましと品物をならべたお店の中に八人も入りこんだものですから、ナンジャモンジャ商店は満員《まんいん》電車なみの混雑《こんざつ》です。

「まあ！　この竹ボウキ、おいくらかしら？　あら、このタワシ、使いやすそう！」

ろくろっ首《くび》ママは、店内にならぶ品々《しなじな》に目をかがやかせています。

ナンジャさんはみんなをひき連《つ》れ、店の中から二階へと向かう階段《かいだん》を上《のぼ》っていきました。二階は、ナンジャさんの家になっていて、トイレとお風呂場《ふろば》とベッドルームが一つ。それから、洗《せん》たく物をたっぷり干《ほ》せる大きなバルコニーもあります。バルコニーからははるかな山並《やまな》みと、その山のふもとまで広がって

いるドロロン村の野っ原や畑の風景《ふうけい》を一望《いちぼう》することができました。

ひととおり家の中を見て回った後、ナンジャさんはバルコニーに出て、もう一度、又三郎猫《またさぶろうねこ》の幽霊《ユーレイ》に質問《しつもん》しました。

「どうだい？　何か思い出したかい。ほら、ここから村をながめて、どっか、怪《あや》しそうな場所はないかい？」

でも、モヤモヤの幽霊《ユーレイ》はまたまた、「うーん」とうなるばかり。そして、かなしそうに言いました。

「どうも、ここではないようである。

でも、やっぱり、どこだか、わからないのである」

　みんなも、がっかりして、思わずため息をもらします。ドロロン村に来れば、すぐにも命の宝箱《たからばこ》がみつかると思っていたのに、そうはいかないようです。このままでは、又三郎猫《またさぶろうねこ》の命のリミットまで、命の宝箱《たからばこ》がみつからないかもしれません。

「大丈夫《だいじょうぶ》。きっと、みつかるさ。まだ、村の捜索《そうさく》は始まったばかりだからね」

　ヌラリヒョンパパがみなをはげますように言いました。

「さあ、次は、ドロンパ診療所《しんりょうじょ》に行ってみよう！」

と、いうわけで、みんなは気を取り直し、ドロンパ診療所《しんりょうじょ》まで歩いていきました。でも――、

「ここも、ちがうようである」と、又三郎猫《またさぶろうねこ》の幽霊《ユーレイ》が言うのです。みんなはますますがっかりしてしまいました。

「あと、思いつく地図上の×印《ペケじるし》といったら、マフィンさんの言っていた、お寺

の卍《まんじ》マークですね。満福寺《まんぷくじ》に行ってみましょうか」

ドロンパ先生が、言いました。

うかない顔をしているみんなを見回し、さっちゃんが、ボソッと言います。

「あ、みんな〝どうせ次もダメなんじゃないか？〟って思ってる」

そのとおりでした。

どうせ、次もダメだろう……。そう思いながらも、みんなはしかたなく、村はずれの満福寺《まんぷくじ》まで歩いていったのです。満福寺《まんぷくじ》までの道中にも、特《とく》に手がかりらしいものは見当たりませんでした。

「この村のどっかにあるっていうのは、まちがいないんだろうね？」

歩きながらナンジャさんが、肩《かた》の幽霊《ユーレイ》にたずねました。

「うーん」

又三郎猫《またさぶろうねこ》が、やっぱりうなっているので、みなは、いよいよ心配になってきました。

スペアの命が入っているという、その宝箱《たからばこ》は、本当にこの村のどこかに隠《かく》してあるのでしょうか？　もし、みつからなかったら、又三郎猫《またさぶろうねこ》は、命のタイムリミットに間に合わず、永遠《えいえん》に死んでしまうのでしょうか？

こうしている間にも時は過《す》ぎ、もう太陽は空高くのぼっていました。満福寺《まんぷくじ》にたどり着いてみると、お寺の境内《けいだい》では化《ば》けギツネ一家が朝のラジオ体操《たいそう》をしているところでした。

人間に化《ば》けたお父さんとお母さんと、まだ上手に化《ば》けられない五匹《ひき》の子ギツネたちが、ラジオ体操《たいそう》の音楽に合わせて、体を動かしています。

〝次は、体を横に曲げる運動です〟

体操に熱中しているキツネ一家に、ヌラリヒョンパパが声をかけました。

「みなさん、おはようございます。体操中《たいそうちゅう》、おじゃましてすみません」

「あら、ヌラリヒョンさん」

キツネのお母さんが体操《たいそう》をやめ、みんなの方を見ました。

「ナンジャさんと、ドロンパ先生も。それから、ええと、この方たちはどなた？」

キツネのお父さんは見しらぬ九十九《つくも》さん一家を見て、正体をさぐろうと、クンクンにおいをかいでいます。

「あれ？　人間のにおいがしないぞ」と、キツネのお父さんがつぶやきました。

「ええと、こちらは、私《わたし》の家族です。妻《つま》のろくろっ首《くび》、見越《みこ》し入道《にゅうどう》おじいちゃん、そして、子どもたちは、上から順《じゅん》に、一つ目小僧《こぞう》のハジメくんと、アマノジャクのマアくんと、サトリのさっちゃんです」

その言葉を聞いた五匹《ひき》の子ギツネたちは、ラジオ体操《たいそう》をそっちのけにして、九十九《つくも》さんたちの周《まわ》りに駆《か》けよってきました。

「うわぁ！　カッケー！　一つ目小僧《こぞう》だあ！」と子ギツネのコンに言われ、ハジメくんは顔を赤らめています。

「おばさん、ろくろっ首《くび》なの？　首伸《の》びるの？」

ケンに質問《しつもん》され、ろくろっ首《くび》ママは、ニコリとほほえみながら、ニョキリと一メートルばかり首をのばしてみせました。

「スゲェ！」「いかしてるう！」と、子ギツネたちは大騒《おおさわ》ぎ。

「わしだって、スゴイぞ」

見越《みこ》し入道《にゅうどう》おじいちゃんが、負けじと巨大化《きょだいか》を開始しました。お寺の屋根より高く、境内《けいだい》の杉《すぎ》の木のてっぺんより、もっと高く……。

「カッケー！」「スゲェ！」「いかしてる！」

またまた子ギツネたちは大興奮《だいこうふん》です。

「オレさまだって、スゴインだぞ！」と、マアくんが叫《さけ》んだ、ちょうどその時。

雲の切れ間からお日さまが顔をのぞかせ、まばゆい太陽の光が、境内《けいだい》いっぱいに降《ふ》りそそぎました。

ムクムク、ドンドン大きくなっていた見越《みこ》し入道《にゅうどう》おじいちゃんは、ヒュル、ヒュル、ヒュルと、たちまちちぢんで、元の大きさにもどります。太陽の光の中では、妖怪《ようかい》たちの力は弱まってしまうのですからしかたありません。
「なんだ、いい時に顔を出しおって」
おじいちゃんが、うらめし気に空を見上げます。

その時です。

「あっ！」と、ハジメくんが叫《さけ》びました。

ハッとみんなが、ハジメくんの方を見ました。ハジメくんは、じっと、満福《まんぷく》寺《じ》の境内《けいだい》の地面の上を見つめています。

「どうしたんだい？」

問いかけるヌラリヒョンパパに、ハジメくんは地面を指さしてみせました。

「見てよ！　ほら、×印《ぺケじるし》だよ！」

「えっ？　バツ印《じるし》？」

ヌラリヒョンパパが聞き返し、みんなはいっせいにハジメくんの指さす地面をみつめました。でもみんなには、ハジメくんが何を言っているのかよくわかりませんでした。地面の上にバツ印《じるし》なんて見えなかったのです。

ぽかんとしているみんなに向かって、ハジメくんがじれったそうに言いました。

「ちゃんと、見てよ。影《かげ》だよ！　お日さまに照《て》らされて、地面に影《かげ》が落ちてるでしょ？　杉《すぎ》の木の影《かげ》が！　影《かげ》の形を見てよ！　ほら、こっちの木の影《かげ》と、あっちの木の影《かげ》が交差《こうさ》して、×印《ペケじるし》になってる！」

「あっ！」と、みんなが声をあげました。

たしかに、その通りです。お寺の境内《けいだい》の地面の上に、大きなバツ印《じるし》の影《かげ》が落ちています。

みんなは、まじまじとバツ印《じるし》の影《かげ》を見つめ、それからゆっくり、影《かげ》を落としている木の方に目を向けました。

右にかしいだ杉《すぎ》の木が一本。左にかしいだ杉《すぎ》の木が一本。二本の杉《すぎ》の木が、幹《みき》の途中《とちゅう》で交差《こうさ》して、×印《ペケじるし》になっているのです。

「夫婦杉《めおとすぎ》ですよ」

化《ば》けギツネのお父さんが言いました。

「古くから、ここに生えている木で、二本の木がよりそっているように見えるから、夫婦杉《めおとすぎ》と呼《よ》ばれているんです。満福寺《まんぷくじ》のパンフレットにものってますよ。縁結《えんむす》びの木として、この二本の杉《すぎ》にお参《まい》りに来る人もいるそうです」

「おーっ！」と、声がしました。

みんなは、ハッとして声の方に目を向けました。

又三郎猫《またさぶろうねこ》の幽霊《ユーレイ》がナンジャさんの肩《かた》をはなれ、杉の木の影《かげ》の上をフワフワとただよっています。

「ここであーる！　ここであーる！

×印《ペケじるし》の杉の木のまん中の地面に、命の宝箱《たからばこ》がうまっているのであーる！」

「なんと！」

ヌラリヒョンパパは目を丸くして又三郎猫《またさぶろうねこ》の幽霊《ユーレイ》と夫婦杉《めおとすぎ》を見くらべました。

「なるほど、これが、宝箱《たからばこ》のありかをしめす大きなバツ印《じるし》だったんですか。ここに、宝箱《たからばこ》がうまっているんですね？」

八

又三郎猫《またさぶろうねこ》の幽霊《ユーレイ》は、夫婦杉《めおとすぎ》の根元に、命の宝箱《たからばこ》をうめたというのです。左右二本の杉《すぎ》の木のまん中の地面に……。

「よかったねぇ。じゃあ、あとは、その箱をさっさとほり出して、中から一つ、スペアの命を取り出せばいいんだろ？　タイムリミットに、間に合ったんだね」

ナンジャさんが、もどってきた幽霊《ユーレイ》に言いました。

「間に合ったのであーる。ご協力《きょうりょく》に感謝《かんしゃ》なのであーる」

又三郎猫《またさぶろうねこ》の幽霊《ユーレイ》はうれしそうに言って、モヤモヤの体をユラユラゆらしました。

「二本の杉《すぎ》の木のまん中の地面て、この辺《あた》りかな？」

ハジメくんが、夫婦杉《めおとすぎ》の下に歩《あゆ》み寄《よ》って、じっと根元の辺《あた》りに目をこらしながら言いました。千里眼《せんりがん》の一つ目玉なら、地面の下にうまっている物だって、ちゃあんと見えるんです。

だけど――。

「おかしいなぁ……」と、ハジメくんは首をかしげました。

「そんな箱、どこにも埋《う》まってないけどなぁ」

「そんなはず、ないのであーる！　吾輩《わがはい》は、たしかに、ここに命の宝箱《たからばこ》をうめたのであーる！」

ナンジャさんにひっついた、モヤモヤの幽霊《ユーレイ》がむきになって言い返します。

「とにかく、ちょっと、ほってみてはいかがです？」

そういうと、化《ば》けギツネのお父さんが家の中からスコップを一本持ってきてくれました。

「ようし！　オレさまがほってやるぞー！」

力持ちのマアくんがはりきって言いました。そして、スコップを受け取ると、二本ならんだ夫婦杉《めおとすぎ》のまん中の辺《あた》りの地面をガシガシ、ゴンゴン、ほり始めました。

又三郎猫《またさぶろうねこ》の幽霊《ユーレイ》は、

「そこじゃない！　もっと、横」とか、

「もうちょい、右の方」とかマアくんにさしずするのですが、そこら中が穴《あな》だらけになっても、一向に宝箱《たからばこ》はみつかりません。

「キイ！　どこにも、宝箱《たからばこ》なんてないぞ！」

マアくんが、かんしゃくを起こして、スコップを放り投げました。

ヌラリヒョンパパはそのスコップをひろい上げ地面に空いた穴《あな》をうめもどしにかかります。根元が穴《あな》だらけでは、夫婦杉《めおとすぎ》がかわいそうですからね。

「これだけほっても見つからないということは、やはり、ここではないようだな。ハジメくんも、宝箱《たからばこ》はうまっていないと言っているし……」

ヌラリヒョンパパの言葉を聞いた又三郎猫《またさぶろうねこ》の幽霊《ユーレイ》は、のびたりちぢんだり、ふくらんだりぐるぐるうず巻《ま》いたり、大混乱《だいこんらん》のありさまです。

「ニャ、ニャ、ニャンということだ！　宝箱《たからばこ》がぬすまれたであーる！　だれか

が吾輩《わがはい》の命の宝箱《たからばこ》をぬすみだしたのであーる！」

「えっ？　ぬすまれた!?」

ナンジャさんが、ぎょっとしたように聞き返します。

ドロンパ先生がむずかしい顔で首をかしげました。

「でも、だれが？　又三郎《またさぶろう》さんの命の宝箱《たからばこ》が、ここにうまってるって、だれか知ってたんでしょうか？」

「それは、わからないのであーる！　でも、吾輩《わがはい》は、ぜったいここに宝箱《たからばこ》をうめたのであーる。だから、それがないということは、ぬすまれたに決まっているのであーる！」

ヌラリヒョンパパは、満福寺《まんぷくじ》に住んでいる化《ば》けギツネ一家にたずねてみました。

「もしや、宝箱《たからばこ》をぬすみに来《き》たあやしいやつに心当たりはありませんか？　だれかが、この夫婦杉《めおとすぎ》の近くを歩き回っていたとか、穴《あな》をほっていたとか？」

でも、化《ば》けギツネのお父さんとお母さんは「さあ？」と首をかしげるばかり。

五ひきの子ギツネたちも「知らなぁい」と声をそろえました。

やっと、宝箱《たからばこ》の隠《かく》し場所にたどりついたのに、宝箱《たからばこ》がぬすまれていたなんて！　いったい、どうすればいいのでしょう。太陽はもう、空のてっぺんでかがやいています。こくこくと、スペアの命のリミットがせまってきているのです。

「こういう時は、やっぱり、神だのみじゃないだろうか？」

とつぜん、ナンジャさんがそんな事を言いました。

「神だのみ？」

パパが聞き返すと、ナンジャさんはうなずいて、続《つづ》けます。

「そうだよ。三ヶ月池《みかづきいけ》の竜神《りゅうじん》さまに、おうかがいをたてるんだよ。又三郎猫《またさぶろうねこ》の命の宝箱《たからばこ》のありかを教えたまえってね」

「なるほど」と、パパはでっかい頭でうなずきました。

「たしかに！　竜神《りゅうじん》さまにうかがってみるというのは、いいアイデアですね。竜神《りゅうじん》さまなら、この村で起きていることをよくごぞんじだし、きっと宝箱《たからばこ》のありかだって教えてくださるかもしれないぞ！」

「ほう！　この村には、竜神《りゅうじん》さまが住んでおられるのか」

見越《みこ》し入道《にゅうどう》おじいちゃんが感心したように言いました。

「ぜひ、お目にかかりたいわ」と、ろくろっ首《くび》ママ。

そこで、ヌラリヒョンパパたち一行は、化《ば》けギツネの家族にお礼を言って、村の北はずれにある三ヶ月池《みかづきいけ》に向かうことになりました。

「竜神《りゅうじん》さまはね、昔は、ここことは別《べつ》の池に住んでおられたんだが、ドロロン村の北はずれの雑木林《ぞうきばやし》にある三ヶ月池《みかづきいけ》が気に入って、引《ひ》っ越《こ》していらっしゃったんだよ」

ヌラリヒョンパパは三《み》ヶ《か》月池《づきいけ》への道々《みちみち》、家族に話してきかせました。

「竜神《りゅうじん》さまには、カワヅ一族というお伴《とも》がいてね。竜神《りゅうじん》さまにつかえているんだ」

隣村《となりむら》の小学校に通う、ドロロン村の子どもたちやみんなのために、竜神《りゅうじん》さまが五人乗りの乗り合い雲をプレゼントしてくれたのだとパパが話すと、マアくんは「オレさまも、雲に乗りたい！　雲に乗りたいぞお！」とさわぎました。

「雲に乗って、登校だなんて、すごいなあ」とハジメくん。さっちゃんまで、ちょっとうらやましそうにため息をついています。

満福寺《まんぷくじ》までの道を引き返し、四ツ辻《つじ》から三《み》ヶ《か》月池《づきいけ》に向かう川ぞいの道を歩き出してしばらくすると、向こうから大工のカメ吉《きち》さんとおくさんのツル子さんと、小学生のユーキくんとコーキくんが歩いてきました。カメ吉《きち》さん一家は、ヌラリヒョンパパを見つけて足を止めました。

「やぁ、ヌラリヒョンさん。今日は日曜日なのに、どうしたんです？　ナンジャさんと、ドロンパ先生まで……。それに、こちらのみなさんは？」

ヌラリヒョンパパはカメ吉《きち》さん一家に、九十九《つくも》家のみんなを紹介《しょうかい》しました。

「もう一人《ひとり》、やまんばのおばあちゃんもいっしょに来《き》たんですが、おばあちゃんはマフィンやらサンドイッチやらを、もりもり食べてる方がいいと言ってカフェ・マフィンに居座《いすわ》っています」

「すごいなぁ！　ぼく、本物の一つ目小僧《こぞう》にはじめて会った」と、三年生のユーキくんが言うと、一年生のコーキくんも目をかがやかせます。

「明日《あした》、学校で、みんなにじまんしーよおっと」

「チェッ！　チェッ！　チェッ！」

マアくんは、ハジメくんばかりが注目されるので面白《おもしろ》くないようです。

「オレさまだって、すごいんだぞ。オレさまは、力持ちだぞ！」

そう言うと、道端《みちばた》に転がっていた、でっかいとび箱ほどもある岩を、ヒョイと片手《かたて》で持ち上げて、ポーンと向こうに放り投げてみせました。

「うわあ！　カッコイイ！」

コーキくんは拍手《はくしゅ》かっさい。

「アマノジャクって力持ちなんだねぇ！

明日《あした》学校のみんなに教えてあーげよっと」

ユーキくんも大喜《おおよろこ》びです。

「それでは、わしも一つ、見せてやろう」

言うなり、見越《みこ》し入道《にゅうどう》おじいちゃんが、ムクムクとでっかくなりました。空に届《とど》くほど大きくなったおじいちゃんを見て、カメ吉《きち》さん一家は、びっくりぎょうてん。おじいちゃんは大満足《だいまんぞく》。

やがて、元のサイズにもどったおじいちゃんを見て、さっちゃんが言いました。

「……一番うけたって、思ってるよね？」

カメ吉《きち》さん一家と別《わか》れると、ろくろっ首《くび》ママが、しみじみ言いました。

「この村の人たちは、だれも、妖怪《ようかい》を見てもこわがらないのねぇ。妖怪《ようかい》と人間が仲良《なかよ》くいっしょに暮《く》らせる村なんて、ステキだわねぇ」

ドロロン村のことをほめてくれたのがうれしくて、ナンジャさんとドロンパ先生は、にっこり顔を見合わせました。

ガンガラ山の西の雑木林《ぞうきばやし》の中にある三ヶ月池《みかづきいけ》は、今日もうす曇《ぐも》りの空を映《うつ》して静《しず》まっています。

岸辺《きしべ》に近い水面には水草が茂《しげ》り、どこか林のおくで鳴いているウグイスの声が聞こえました。ヌラリヒョンパパたち一行は、池の岸辺《きしべ》に立ち、静《しず》かな水面を見つめました。

「竜神《りゅうじん》さまがお留守《るす》じゃやなきゃいいけどねぇ」

あんまり池が静《しず》かなので、ナンジャさんがそんなことを言いました。

「きっと、いらっしゃいますよ」と、ドロンパ先生。

「月夜には時々《ときどき》、夜空の散歩《さんぽ》に出かけられるようだけど、こんなまっ昼間からどこかへ出かけたりはなさらないでしょうからね」

「私《わたし》からお願《ねが》いしてみましょう」

ヌラリヒョンパパはそう言って、一歩前に進み出ました。池の縁《ふち》ぎりぎりの所に立つと、パパは、静《しず》まる水面に向かって呼《よ》びかけました。

「三ヶ月池《みかづきいけ》の竜神《りゅうじん》さまに、おたのみ申します！　猫《ねこ》の又三郎《またさぶろう》の幽霊《ユーレイ》の命をしまった宝箱《たからばこ》が、行方不明《ゆくえふめい》です！　宝箱《たからばこ》が今どこにあるのか、どうか、教えていただけませんでしょうか!?」

パパが呼《よ》びかけても、池はシンとしずまったままでした。ただ、雑木林《ぞうきばやし》を吹《ふ》きすぎる風がザワザワと葉擦《はず》れの音をひびかせるばかり。

でも、みんなが『やっぱり、竜神《りゅうじん》さまはお留守《るす》なのかな?』と思い始めたその時です。

池のまん中の水が、ぐるぐると渦《うず》を巻《ま》き始めました。

「あっ! 何か出てくる!」

ハジメくんが指さします。

そうです! だんだん激《はげ》しくなる水の渦《うず》の中央から今まさに、何かが姿《すがた》を現《あらわ》そうとしているのです。竜神《りゅうじん》さまでしょうか?

いいえ、残念《ざんねん》。池の上にひょっこり現《あらわ》れたのは、緑の顔のカワヅさんでした。

カワヅさんは両手で何か、でっかいボールのようなものを大切そうにかかえています。それをかかえたまま、池の中央からみんなのいる岸辺《きしべ》のそばまで、カワヅさんは水の上をスタスタと歩いて近づいてきました。

「これは、みなさま、おそろいで」

水際《みずぎわ》の水の上に立ち、カワヅさんがぺこりと頭をさげます。

「こんにちは、カワヅさん。実は竜神《りゅうじん》さまにお願《ねが》いがございまして……」

言いかけるヌラリヒョンパパをさえぎって、カワヅさんが口を開きました。

「その願《ねが》い、竜神《りゅうじん》さまがお聞きとどけになりました」

言いながら、カワヅさんは手の中の物をパパの目の前にさし出しました。

「これは、竜神《りゅうじん》さまの宝《たから》、竜《りゅう》の玉でございます。願《ねが》いをとなえ、玉をのぞけば、求《もと》める物が見えるでしょう」

「竜神《りゅうじん》さまの宝《たから》……ですか？」

ヌラリヒョンパパは緊張《きんちょう》しながら、カワヅさんの手の中の玉をしげしげとのぞきこみました。

それは、バレーボールより大きい、透《す》きとおった水晶《すいしょう》のような玉でした。

ナンジャさんも、ドロンパ先生も、ろくろっ首《くび》ママも、見越《みこ》し入道《にゅうどう》おじいちゃんも、ハジメくんも、マアくんも、さっちゃんも……それから、ナンジャさんにひっついている猫《ねこ》の幽霊《ユーレイ》も、みんながパパの周《まわ》りに集まって、額《ひたい》をよせ合い、竜《りゅう》の玉をのぞきこみます。

「さあ、どうぞ。玉にたずねてごらんなさい。宝箱《たからばこ》の行方《ゆくえ》を――」

カワヅさんが言いました。

そこで、ヌラリヒョンパパがみんなを代表して玉にたずねてみることにしました。

「竜《りゅう》の玉さま、竜《りゅう》の玉さま。どうか、行方不明《ゆくえふめい》の又三郎猫《またさぶろうねこ》の命の宝箱《たからばこ》のありかをお教えくださいい。宝箱《たからばこ》は今、どこにあるのでしょう?」

すると、澄《す》み切《き》っていた玉の中に、小さな黒いシミがポツンと、インクでも落としたようににじみました。黒いシミはみるみる黒雲のように広がって玉をおおいつくします。まっ黒く渦巻《うずま》く黒雲を見つめるうち、やがてだんだんとその雲が薄《うす》れていくのがわかりました。

そして雲の中に浮《う》かび上《あ》がったのは――。

ナンジャさんと、ドロンパ先生と、ヌラリヒョンパパが同時に叫《さけ》びました。

「ネコマタのおばあさんだ！」

そうです。宝箱《たからばこ》のありかをたずねられた竜《りゅう》の玉が映《うつ》し出《だ》して見せたのは、ドロロン村に住む、百二十歳《さい》のネコマタのおばあさんだったのです！

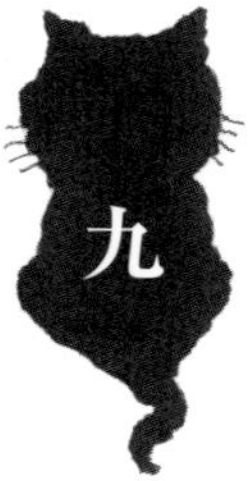

「ニャンということだ！　ニャンということだ！　こいつが、吾輩《わがはい》の命の宝箱《たからばこ》をぬすんだのであるな！　この泥棒猫《どろぼうねこ》め！　決して、許《ゆる》さないのであーる！……待てよ？　吾輩《わがはい》は、こいつを知っているのであーる！　こいつは……この泥棒《どろぼう》ネコマタは、吾輩《わがはい》の父方のじいさんの、そのまたばあさんの大おじの、おばさんなのであーる！　ニャンということだ！　親戚《しんせき》に宝箱《たからばこ》をぬすまれたであーる！」

怒《いか》りまくっている又三郎猫《またさぶろうねこ》にナンジャさんが声をかけました。

「まあ、まあ、まあ、ちょっと落ち着いて……。まだ、ネコマタさんがぬすんだって決まったわけじゃないんだから。何か事情《じじょう》があって、ネコマタさんが、あんたの宝箱《たからばこ》を持ってるだけ、っていうこともあるよ」

「そうですよ」

ドロンパ先生も力をこめてうなずきます。

「ネコマタさんが、泥棒《どろぼう》をはたらくだなんて、私《わたし》には信《しん》じられませんね。あの方は、りっぱな妖怪《ようかい》ですよ。ちょっと気難《きむずか》しいところはあるけど、曲がったことのできるような方じゃありません」

「いいや！　まちがいない！　犯人《はんにん》は、こいつだ！　こいつが、吾輩《わがはい》の宝箱《たからばこ》をぬすんだんだ！」

又三郎猫《またさぶろうねこ》の怒《いか》りは収《おさ》まりません。

「ようし！　オレさまが、その泥棒《どろぼう》ネコマタをギッタンギッタンにしてやるぞー！」と、はりきるマアくん。

「これ、マアくん。事情《じじょう》もまだよくわからないのに、そんなこと、言わないの」

ろくろっ首《くび》ママがたしなめます。

「とにかく、ネコマタさんに話を聞きに行くしかなさそうだね」

ヌラリヒョンパパが言いました。

「きっと今ごろは、カフェ・マフィンにいるよ。毎日、朝と夕方、シナモン入りのホット・ミルクを飲みに来るもの」

ナンジャさんが言いました。

「ぐるっと回って、ふり出しに戻《もど》るわけか」

見越《みこ》し入道《にゅうどう》おじいちゃんの言うとおりです。

ナンジャモンジャ商店、ドロンパ診療所《しんりょうじょ》、満福寺《まんぷくじ》、三ケ月池《みかづきいけ》と、ドロロン村の中を回ってきたみんなは、ふたたびスタート地点のカフェ・マフィンにもどることになりました。

ヌラリヒョンパパとみんなは、カワヅさんに、ていねいにお礼を言って、竜《りゅう》神《じん》さまに宝《たから》の玉をお返ししました。竜神《りゅうじん》さまに直接《ちょくせつ》会えなかったのは残念《ざんねん》でしたが、しかたありません。神さまというものは、軽々《かるがる》しく、みんなの前に姿《すがた》を現《あらわ》したりはしないのですからね。

パパたちは、元来《き》た道を引き返すのはやめて、村を東西に走る道路をたどり、近道をしてカフェ・マフィンにもどることにしました。

しばらく行くとゲンさんとハナさん夫婦《ふうふ》の牧場《ぼくじょう》の柵《さく》が見えてきました。柵《さく》の中では今日も、ミルクとバターとチーズという三頭の牛たちがのんびり草をはんでいます。

「おーい！　どこへ行くんだぁい？」

牧場《ぼくじょう》の小高い丘《おか》からゲンさんが、パパたちに呼《よ》びかけました。

「みんなで、カフェ・マフィンに行くところですよ」

ドロンパ先生がそう答えるとゲンさんは、「ちょっと待っててくれ」と言って、できたてのバターのかたまりを持ってみんなの所にやってきました。

「マフィンさんから頼《たの》まれてたバターだよ。悪いが、ついでに届《とど》けてもらえるかね？」

「もちろん、いいとも」と、ナンジャさんがバターを受け取ります。
ゲンさんはバターだけわたすと、ヌラリヒョンパパといっしょの一行がだれなのか、ナンジャさんの肩《かた》にくっついた黒いモヤモヤがな

んなのかも聞かず、さっさと牛たちの方へもどっていってしまいました。一つ目小僧《こぞう》のハジメくんを見ても、少しもおどろいた様子はありません。

ゲンさんは、とってもまじめで熱心《ねっしん》な牛飼《うしか》いで、いつもどうやって牛たちにおいしい草を食べさせて、いいお乳《ちち》を出させるか、ということばかり考えている人でしたから、きっとこの時も、その事で頭がいっぱいだったのでしょうね。

ゲンさんと別《わか》れて、しばらく歩いていくとハジメくんが空を見上げて言いました。

「あれ？　なんか、白くて、ほそ長いヒラヒラしたものが空を飛《と》んでるよ」

ハジメくんの指さす方を見て、ヌラリヒョンパパが答えます。

「ああ、あれは、イッチョさんとサンチョさんだよ。この村に住んでいる、イッタンモメンの兄弟さ。どうやら散歩中《さんぽちゅう》らしいな」

パパがそう言う間にも、イッタンモメンの兄弟は、フワフワ、ヘロヘロ空を飛《と》んできて、パパたちの頭の上にさしかかりました。

ところが、その時、どこからか飛《と》んできたトンビが二羽《わ》、イッチョさんとサンチョさんをからかって、つつき始めたのです。

「あ！　また、あいつらだ！」

ナンジャさんが言いました。

「あの意地悪トンビ・コンビめ！　いつも、イッチョさんとサンチョさんのことをいじめるんだから！」

「こらぁ！　トンビ！　やめなさーい！」と、ドロンパ先生がこぶしをふり上げましたが、トンビのコンビたちは攻撃《こうげき》をやめません。

「ようし、わしにまかせろ！」と言ったのは、見越《みこ》し入道《にゅうどう》おじいちゃんです。

おじいちゃんは言い終わるやいなや、ムクムクと大きくなって、トンビたちの前に立ちはだかりました。

「こらあ！　この不心得者《ふこころえもの》め！　妖怪《ようかい》をいじめると、このわしが許《ゆる》さんぞ！」

「いいぞ！　じいちゃん！　ギッタンギッタンにしちゃえ！」

地上からマアくんが応援《おうえん》します。

おじいちゃんににらまれたトンビたちは、びっくりして「ピーヒョロー」と鳴きながら逃《に》げていってしまいました。

「ありがとさんでございますー！」

空の上で、お兄さんのイッチョさんが言いました。

「助かりましたでございますー！」

弟のサンチョさんも言いました。

「なんの、なんの」と、おじいちゃんが答えます。

「これぐらい、お安いごようじゃ」

言いながらおじいちゃんは、元通りのサイズにもどりました。

さあ、もう、カフェ・マフィンは目の前です。みんなは足を急がせました。

もう日は西にかたむき山の端《は》にかかろうとしています。長かった一日も、もうすぐ終わります。スペアの命のリミットがせまっているのでした。

カラコロとドアベルを鳴らし、まっ先に店の中に足を踏《ふ》み入れたのは、ナンジャさんでした。残《のこ》りのみんなも、ゾロゾロとその後ろに続《つづ》きます。

「あっ！　ネコマタさん」

ドロンパ先生が、カフェ・マフィンのカウンターを見て言いました。

そこにはなんと、やまんばおばあちゃんとネコマタのおばあさんが仲良《なかよ》くならんで座《すわ》っていたのです。

とつぜん、ナンジャさんの右肩《みぎかた》で又三郎猫《またさぶろうねこ》の幽霊《ユーレイ》が叫《さけ》びました。

「見つけたであーる！　この泥棒猫《どろぼうねこ》め！　いやネコマタめ！　吾輩《わがはい》の命の宝箱《たからばこ》を、おとなしく、さっさと返すのであーる！」

それから後のことは、あっという間に起こりました。

又三郎猫《またさぶろうねこ》の言葉を聞いた瞬間《しゅんかん》、ネコマタのおばあさんは、カウンターのイスから飛《と》びおりました。そして、ひとっ飛《と》びでナンジャさんの前までやって来るなり、肩《かた》にひっつく幽霊《ユーレイ》に強烈《きょうれつ》な猫《ねこ》パンチを一発。そして、振《ふ》り向《む》きざまに、

さらに強れつなしっぽパンチを一発お見舞《みま》いしたのです。

「ニャ、ニャ、ニャー!」と、又三郎《またさぶろう》猫《ねこ》の幽霊《ユーレイ》の黒いモヤモヤが、グラグラゆれながら叫《さけ》びました。

「ネコマタさん、落ち着いて! 乱暴《らんぼう》はいけません!」と、止めに入るパパに、ネコマタばあさんがくってかかります。

「フンニャ、フー、ニャギャギャ、ニャゴロゴロ、ニャーゴ、ニャーギャ、ニャガ、ニャー!」

「なるほど、そうでしたか……」と、

ヌラリヒョンパパ。

パパにはネコマタ語がわかるのです。

「ニャオギ、フニャ、フー、フー、ニャゴ、ニャゴロ、ニャンニャ、ニャーニャゴ！」

「いや、お怒《いか》りはごもっとも……」

「ニャーゴ、フニャーゴ、ニャギギギ、ギャア、ニャー、ニャー、ニャー！」

「もちろん、おっしゃるとおりです。しかし、ここはいったん落ちついて」

ナンジャさんが、カウンターの中のマフィンさんに、こそっとたずねました。

「なんて言ってるんだい？」

マフィンさんにも、店のお得意《とくい》のネコマタばあさんの言葉が、だいたいわかるのです。

「宝箱《たからばこ》をあずかってくれって言ったのは、あいつだって言ってるわよ。夫婦杉《めおとすぎ》の下にうめようかと思ったけど、やっぱり心配だからあずかっておいてくれって、持ってきたんですって。それなのに泥棒《どろぼう》とはなんだ！　って、カンカンになってるわ」

マフィンさんの言葉に、ドロンパ先生がうなずきます。

「そうだったの。そりゃあ、おこりますよ。たのまれてあずかってた物をぬすんだなんて言われれば……」

「ねえ、ナポリタン・スパゲティのおかわりもらえる？」

やまんばおばあちゃんが言いましたが、みんなは今、それどころではありませんでした。

怒《いか》りのおさまらないネコマタおばあさんが、ついに又三郎猫《またさぶろうねこ》の幽霊《ユーレイ》にとびかかったのです。

店の中を逃《に》げ回る黒いモヤモヤ、追いかけるネコマタばあさん。

みんなが、二ひきの追いかけ合いをなんとか止めようとするのですが止まりません。

「ネコマタさん、ストップ！」とか、

「落ちついて！　落ちついて！」とか、みんな言うのですが、ネコマタばあさんの耳にはそんな言葉はとどいていないようでした。

でも、その時です。やまんばおばあちゃんが見事な動きを見せました。カウンターに飛《と》びのったネコマタばあさんのハンテンのエリ元をむんずとつかまえたのです。

「ねぇ！　ちょっと、おっかけっこなんてしてないで、だれか聞いてる？　ナポリタン・スパゲティのおかわりがほしいんだけど」

まだ、フー、フー言っているネコマタばあさんに向かって、店のすみっこに逃《に》げこんだ又三郎猫《またさぶろうねこ》の幽霊《ユーレイ》がブルブルふるえながら言いました。

「ごめんなさいであーる。ホントに、ホントに、ごめんなさいであーる。ポンと車にはねられたひょうしに、大事なことを忘《わす》れちゃったのであーる。今、言われて、すっかり思い出したであーる。泥棒《どろぼう》なんて言って、悪かったであーる。どうぞ許《ゆる》してほしいのであーる」

「ほらね」と、ナンジャさんが言いました。

「やっぱり、おかしいと思ったよ。ネコマタさんが泥棒《どろぼう》するなんてありえないもの」

「何かのまちがいだと思っていましたよ」

ドロンパ先生もそう言ったので、ネコマタばあさんはやっと少し落ちついたようでした。

「ねぇ、ナ、ポ、リ、タ、ン。ナポリタンのおかわり、ちょうだい」

ネコマタさんの首ねっこを放して、やまんばおばあちゃんがまた言いました。

「はい、はい、ただいま」とマフィンさん。

「もう二十四はい目ですけどね」

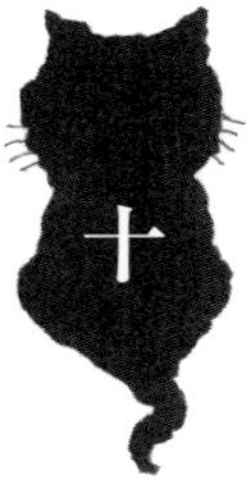

十

やっと落ち着いたネコマタばあさんの説明《せつめい》によると、こういうことでした。

又三郎猫《またさぶろうねこ》は二年ほど前たしかに一度、夫婦杉《めおとすぎ》のまん中の地面に命の宝箱《たからばこ》をうめたようなのです。ところが、その年の台風でドロロン村の隣村《となりむら》の大銀杏《おおいちょう》の木がなぎ倒《たお》されたと聞いて、あの場所に宝箱《たからばこ》をうめておくのが心配になったのです。大銀杏《おおいちょう》の木と同じように杉《すぎ》の木が台風でなぎ倒《たお》されてしまったら……。もし、そのひょうしに、根元にうめた宝箱《たからばこ》が崩《くず》れた地面から顔を出すようなことがあれば……。そう考えた又三郎猫《またさぶろうねこ》は、わざわざ宝箱《たからばこ》をほり出して、ちょうど、ドロロン村に引《ひ》っ越《こ》してきた遠い親戚《しんせき》にあたるネコマタばあさんにあずかっておいてほしいとたのんだのでした。

「本当に、本当に、泥棒《どろぼう》なんて言って、はずかしいのであーる。許《ゆる》してほしいのであーる」

「フニャゴ、ゴニャ、ニャ」

ネコマタばあさんの言葉をマフィンさんが通訳《つうやく》します。

「今回だけは、許《ゆる》してやるよ、ですって。さすがネコマタさん、太《ふと》っ腹《ぱら》」

「それで？　ネコマタさんは、あずかった宝箱《たからばこ》を今も持っておられるんですね」と、ヌラリヒョンパパ。

「ニャゴ」

「イエス」と、マフィンさん。

「では、それを、この又三郎《またさぶろう》さんにわたしてやってもらえませんか。早くしないと、スペアの命のタイムリミットが迫《せま》っているのです」

「ニャニャゴ、ニャー」

「待っておいで、ですって」

マフィンさんがそう言い終わる間もなく、ネコマタばあさんは、さっさと店を出て行きました。

もういつの間にか表は暗くなりはじめています。スミレ色の夕暮《ゆうぐ》れがドロロン村を包《つつ》もうとしているのです。

待つほどもなく、ネコマタばあさんはもどってきました。よっぽど急いで走ったのでしょう。息を切らして店の中に飛《と》びこんできたネコマタばあさんは、みんながみつめる中、カウンターの上に、ゴトリと重たそうな木の箱を置《お》きました。

「おお！」とみながざわめきました。

二十五はいめの大もりナポリタン・スパゲティをパクついているやまんばおばあちゃん以外《いがい》のみんなという意味です。

「これが、命の宝箱《たからばこ》なのかい？」

ナンジャさんがつぶやくように言いました。

「これなのであーる！　これぞ、まさしく、命の宝箱《たからばこ》であーる！　この中に、吾輩《わがはい》のスペアの命がまだ六つ入っているのであーる！」

「フニャニャゴ、ニャーゴ、ンゴロロ、ニャーゴロロ、ニャゴ、ニャゴ、フニャニャ、ニャー、ニャー、ニャーゴ」

「あんたがスペアの命を使うのは、この五年で、もう三度目だろう。そんなに命を粗末《そまつ》にしていてはダメだよ、ですって」

マフィンさんが、みなに、ネコマタばあさんの言葉を伝《つた》えました。

「これからはもっと、命を大事にするである」

又三郎猫《またさぶろうねこ》の幽霊《ユーレイ》は、しおらしいことを言いながら、宝箱《たからばこ》のカギ穴《あな》に、タヌキ兄弟から受け取った銀のカギをさしこみました。

カチリと、カギのまわる音がしました。

みんなは、かたずをのんで、箱の中から何が出てくるかを待ちかまえました。

木の箱の中に入っていたのは――

「ひょうたんだ！」と、ハジメくん。

そうです。箱の中にはでっかい、ひょうたんが一つ、収《おさ》まっていました。又《また》三郎猫《さぶろうねこ》の幽霊《ユーレイ》が、箱からひょうたんをとりだしました。モヤモヤした体から、モヤモヤした腕《うで》をのばし、ひょうたんを持ち上げると、その頭のてっぺんにはまっているせんを、ポンとぬきました。

又三郎猫《またさぶろうねこ》の幽霊《ユーレイ》は、せんをぬいたひょうたんを逆《さか》さにしてふりました。

「出てこい、出てこい、吾輩《わがはい》の命」

何かがポンと、ひょうたんの中から飛《と》び出《だ》したと思った、そのとたん――。

まばゆいばかりの光があたりをつつみました。

あまりのまぶしさに、だれも目を開けていられないほどの光です。白く、強く、明るい光が、矢のように目につきささります。

やがて、みんながゆっくり目を開けてみると、ひょうたんはもう箱の中にしまわれたのか、箱のふたは閉《し》まり光は消えていました。いえ、消えたのではありません。ピンポン玉ほどの小さな光が一つ、黒いモヤモヤの猫《ねこ》の幽霊《ユーレイ》の体の中でかがやいています。よく見るとその光は、心臓《しんぞう》の鼓動《こどう》のようにまたたいていました。

ドキ、ドキ、ドキと、脈《みゃく》うつかすかな音まで聞こえてくるようです。

すると、どうでしょう！　その光の点滅《てんめつ》とともに、黒くモヤモヤしていた幽霊《ユーレイ》の姿《すがた》が、少しずつ様子を変《か》えていくのがわかりました。

今まではただ、とりとめのない黒い煙《けむり》のかたまりのようだった姿《すがた》が、少しずつくっきり、少しずつハッキリ、形を持ち始めたのです。ほら、頭の上の三角耳はさらにピンと立ち、前と後ろに二本ずつ生《は》え出《だ》した脚《あし》が、しっかりと体を支《ささ》えます。お尻《しり》からは、しっぽがのびていきます。顔の横には、ピンとたった白いヒゲまで！

黒い猫《ねこ》の影《かげ》は、黒い猫《ねこ》の姿《すがた》になりました。でもまだ終わりではありません。黒い影《かげ》のような猫《ねこ》の体のまん中では、まだ、あの新しい命がまたたいているのが見えました。

ドキ、ドキ、ドキと、鼓動《こどう》を打っています。

しかし、影《かげ》のような体は少しずつ、血と肉を持った本物の体に変《か》わっていきました。もうかがやく命は見えません。新しい命は、新しい猫《ねこ》の体の中におさまったのです。

そして、みんなの目の前には、若《わか》い、三毛猫《みけねこ》が一ぴき、四本の脚《あし》ですっくと立っていました。

「ああ！　間に合ったであーる！　吾輩《わがはい》は、生まれ変《か》わったであーる！」

又三郎猫《またさぶろうねこ》が言いました。

「おめでとう！　又三郎《またさぶろう》！」とナンジャさん。

「ハッピーバースデー！」と、ドロンパ先生。

「じゃあ、お祝《いわ》いにケーキを焼《や》かなくちゃ」とマフィンさん。

「大、大、大、大、大賛成《だいさんせい》！」と、やまんばおばあちゃんが言いました。

こうしてぶじ、猫《ねこ》の又三郎《またさぶろう》は新しい命を手に入れ、生まれ変《か》わることができたのです。

「それにしても、昔から猫《ねこ》は九生《きゅうせい》を生きると言いますが、本当だったんですね。猫《ねこ》はみんな九つの命を持っているんですか？」

ドロンパ先生が、お医者さんらしく、しげしげと、生まれ変《か》わった又三郎猫《またさぶろうねこ》を見つめながら言いました。

「みんなではないのである。猫神《ねこがみ》さまからスペアの命をさずけられた猫《ねこ》だけなのであーる」

又三郎猫《またさぶろうねこ》が言うには、小さな子猫《こねこ》を助けてやるために、又三郎《またさぶろう》は一つ目の命を落としたのだそうです。

川の中でおぼれかけている子猫《こねこ》をみつけた又三郎《またさぶろう》は、流れの上にはり出した細い木の枝《えだ》の先っぽまで歩いていって、枝《えだ》を水の中に垂《た》らしてやりました。おかげで子猫《こねこ》はその枝《えだ》につかまって水からあがることができたのです。小枝《こえだ》につかまった子猫《こねこ》が、ヨチヨチと岸辺《きしべ》の木の幹《みき》の方まで歩いていってしまうまで、又三郎《またさぶろう》はじっと枝《えだ》をおさえていてやりました。ところがもう大丈夫《だいじょうぶ》、と思ったその時、その枝《えだ》がポキンと折《お》れてしまいました。あわれ、又三郎《またさぶろう》は川の中、そうして、一つ目の命を落としたのでした。

「まあ！　なんてりっぱなんでしょう！」

ろくろっ首《くび》ママが感動のあまり、ニュニュッと首をのばして言いました。

そのりっぱな行動のおかげで、又三郎《またさぶろう》は猫神《ねこがみ》さまから九生《きゅうせい》を生きることを許《ゆる》されたのだと言います。あと八つのスペアの命を授《さず》かったのです。

「九生《きゅうせい》を大切に生き、百歳《さい》の齢《とし》を重ねた猫《ねこ》はネコマタになるのであーる」

又三郎《またさぶろう》の言葉に、みなは「えっ？」と顔を見合わせます。

「じゃあ、ネコマタおばあさんも、そうやって、ネコマタになったっていうことかい?」

ナンジャさんが、ネコマタばあさんに問いかけました。

「では、ネコマタさんも昔、猫神《ねこがみ》さまから九生《きゅうせい》を生きることを許《ゆる》されたんですね」と、ドロンパ先生。

「どんなりっぱなことをしたの?」と、マフィンさんがたずねましたが、ネコマタばあさんは「フン」と、そっぽを向いて何も答えませんでした。きっと、ちょっぴり、照《て》れくさかったのでしょうね。

さあ、それから、マフィンさんは、ゲンさんのできたてバターを使って、とびきり大きなケーキを焼《や》く準備《じゅんび》にとりかかりました。

ケーキが焼《や》けるまでの間、九十九《つくも》さんちのみんなは何をしていたと思いますか?

みんなは、交替《こうたい》で乗り合い雲に乗って、ドロロン村の上を一周《しゅう》したんですよ。

まず最初《さいしょ》に、パパとママとおじいちゃんとおばあちゃん。お次に三人の子どもたち。乗り合い雲は五人乗りでしたから、みんないっしょには乗れなかったのです。

とっぷりと暮《く》れた深い闇《やみ》の中、雲に乗って空を飛《と》ぶのは、なんてステキなことだったでしょう。

空の上から村を見下ろしたみんなは大喜《おおよろこ》びでした。

「うーむ。ここには、まだ、本物の闇《やみ》があるわい」

夜のドロロン村を見下ろして、見越《みこ》し入道《にゅうどう》おじいちゃんが言いました。

「それに、おいしいものも、どっさりね」とやまんばおばあちゃんが言いました。おばあちゃんは、マフィンさんの作る、フカフカマフィンやスパゲティが、すっかりお気に入りになってしまったのです。

「なんて静《しず》かなのかしら。聞こえるのは風の音だけ……」

ろくろっ首《くび》ママも、うっとりとため息をもらします。

「老後《ろうご》は、こんな村でのんびり暮《く》らすのも悪くないかもしれんな」と、おじい

ちゃんが言いましたが、妖怪《ようかい》の老後《ろうご》って、いつなんでしょうね？

　おじいちゃんやママたちと交替《こうたい》で乗り合い雲に乗りこんだ九十九《つくも》さんちの三きょうだいは、村を一周《しゅう》すると、大興奮《だいこうふん》でもどってきました。

「パパ！　ママ！　竜神《りゅうじん》さまに会ったよ！　竜神《りゅうじん》さまがね、空を飛《と》んで散歩《さんぽ》してたよ！」

　ハジメくんがまっ先に報告《ほうこく》します。

「ドーンってでかくて、ジャーンてかっこよくて、ビローンて長くて、すごかったぞお！」と、マアくんがキイキイ声で言いました。

「〝宝箱《たからばこ》がみつかって、めでたい、めでたい〟ってさ」

さっちゃんは、竜神《りゅうじん》さまの心の中をのぞいたようです。

とうとう、マフィンさんのスポンジケーキが焼《や》き上《あ》がりました。

特大《とくだい》サイズのスポンジ台を、チョコレートでコーティングして、生クリームとフルーツで飾《かざ》れば、

すてきなデコレーションケーキの完成《かんせい》です。

マフィンさんと、ナンジャさんとドロンパ先生。九十九《つくも》さんちの七人。そして、ネコマタばあさんと又三郎猫《またさぶろうねこ》。ケーキを十二等分にカットして、みんなは、生まれ変《か》わった又三郎猫《またさぶろうねこ》の誕生日《たんじょうび》をお祝《いわ》いしたのです。

「吾輩《わがはい》は当分、ドロロン村で暮《く》らすことにしたのであーる」

ケーキを食べ終わった又三郎猫《またさぶろうねこ》が言いました。

「都会にあこがれて村を出たのであるが、都会は車がビュンビュン、人間がいっぱい、ぶっそうなのであーる。ドロロン村なら、一つひとつの命を大切に生きることができる気がするのであーる」

「ンニャゴ、ゴロロ、フンニャゴニャ」とネコマタばあさんが言いました。

「それは、とっても、いい考えだと思うよ……ですって」

マフィンさんが通訳《つうやく》すると、ヌラリヒョンパパがニッコリと笑《わら》いました。

「ドロロン村へ、ようこそ。この村はいつだって、新しい住人を歓迎《かんげい》しますよ。心やさしい方なら、人間でも妖怪《ようかい》でも、どなたでも」

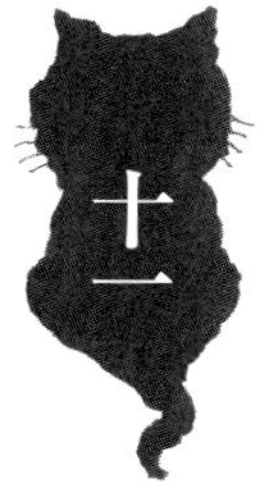

十二

その夜、九十九《つくも》さん一家は、ヌラリヒョンパパの運転するＳＵＶ《エスユーブイ》に乗って、ドロロン村を後にしました。

又三郎《またさぶろう》猫《ねこ》の幽霊《ユーレイ》がいなくなったおかげで、もう、車が勝手にどこかへ走りだすようなことはありませんでした。

パパはハンドルをにぎり、アクセルをふみ、思い通りに車を走らせながら、みんなにたずねました。

「初《はじ》めてのマイカードライブは、どうだったかな？」

「うむ、なかなか愉快《ゆかい》だったぞ」と、見越《みこ》し入道《にゅうどう》おじいちゃんが言いました。

「ドロロン村を見れて、よかったわ。本当にいい村ねぇ」

ろくろっ首《くび》ママが言いました。

「とっても、おいしかったわ。また、マフィンを食べに来《こ》なくっちゃ」と、やまんばおばあちゃん。

「最高《さいこう》だったよ」と、ハジメくんが言いました。

「ドライブ、最高《さいこう》！　イエーイ」と、マアくん。

「いい感じ」と、さっちゃんも言いました。

「最初《さいしょ》はどうなることかと思ったが、考えてみればみんなを、ドロロン村に案内《あんない》できてよかったのかもしれないなぁ」

パパはしみじみと言いました。

イッタンモメンやネコマタや化《ば》けギツネや竜神《りゅうじん》さまが仲良《なかよ》く人間と暮《く》らすその村は、もう闇《やみ》の彼方《かなた》に遠ざかっています。

「いつかは、化野原団地《アダシノハラだんち》でも、妖怪《ようかい》と人間が普通《ふつう》に、いっしょに暮《く》らせるようになるのかなあ？」

ハジメくんが、ぽつんと言いました。

「そうだね」と、ヌラリヒョンパパがうなずきます。

「いつかは、そんな日が来るかもしれないね」

「きっと、来るわよ」と言ったのは、ろくろっ首《くび》ママでした。

「妖怪《ようかい》と人間が、あたりまえにご近所づき合いできる日が、きっときますよ。ドロロン村だけじゃなく、どこの村でも町でも、いっしょに仲良《なかよ》く暮《く》らせる日が、きっとね」

ドロロン村から走ってきた国道は、やがて山道にさしかかろうとしています。急な坂道を上《のぼ》るため、ヌラリヒョンパパは力強くアクセルを踏《ふ》みこみました。エンジンが、ドルルンとたのもしいうなりを上げます。

妖怪《ようかい》一家をのせたＳＵＶ《エスユーブイ》は、闇《やみ》の中をわが家めざして走っていきました。

富安陽子（とみやす・ようこ）
1959年東京都に生まれる。児童文学作家。
『クヌギ林のザワザワ荘』で日本児童文学者協会新人賞、小学館文学賞受賞、「小さなスズナ姫」シリーズで新美南吉児童文学賞を受賞、『空へつづく神話』でサンケイ児童出版文化賞受賞、『やまんば山のモッコたち』でIBBYオナーリスト2002文学賞に、『盆まねき』で野間児童文芸賞を受賞。2026年国際アンデルセン賞日本の作家賞候補に選ばれる。
「ムジナ探偵局」シリーズ（童心社）、「シノダ！」シリーズ（偕成社）、「内科・オバケ科　ホオズキ医院」シリーズ（ポプラ社）、「菜の子ちゃん」シリーズ（福音館書店）、「やまんばあさん」シリーズ（理論社）、絵本に「オニのサラリーマン」シリーズ（福音館書店）、第52回講談社絵本賞を受賞した『さくらの谷』（偕成社）などがある。『絵物語　古事記』（山村浩二・絵　偕成社）やYA作品「博物館の少女」シリーズ（偕成社）など、著作は多い。

山村浩二（やまむら・こうじ）
1964年愛知県に生まれる。アニメーション作家、絵本作家。アメリカ・アカデミー賞（映画芸術科学アカデミー）会員、東京藝術大学大学院映像研究科教授。
短編アニメーションを多彩な技法で制作。第75回アカデミー賞短編アニメーション部門にノミネートされた「頭山」は「今世紀100年の100作品」の1本に選出される。2021年初の長編「幾多の北」が完成。絵本に『くだもの だもの』『おやおや、おやさい』（福音館書店）、『ゆでたまごひめとみーとどろぼーる』（教育画劇）、『雨ニモマケズ Rain Won't』（今人舎）、『ぱれーど』（講談社）などがある。『ちいさな おおきな き』（夢枕獏・作 小学館）で第65回小学館児童出版文化賞、『くじらさんのー たーめならえんやこーら』（内田麟太郎・作 鈴木出版）で第22回日本絵本賞を受賞。
www.yamamura-animation.jp

妖怪一家九十九さん外伝
猫ユーレイの宝箱

作者　富安陽子
画家　山村浩二
発行者　鈴木博喜
編集　芳本律子
発行所　株式会社 理論社
〒101-0062　東京都千代田区神田駿河台2-5
電話　営業 03-6264-8890　編集 03-6264-8891
URL　https://www.rironsha.com

印刷・製本　中央精版印刷
本文組　アジュール

2025年4月初版
2025年4月第1刷発行

装幀　森枝雄司

ISBN978-4-652-20684-3　NDC913　A5変型判　21×16cm　158P

妖怪《ようかい》一家九十九《つくも》さん シリーズ 全十巻

人間たちにまじって団地生活をはじめた妖怪一家

- 妖怪一家九十九さん
- 妖怪一家の夏まつり
- ひそひそ森の妖怪
- 妖怪きょうだい学校へ行く
- 遊園地の妖怪一家
- 妖怪一家のハロウィン
- 妖怪一家の温泉ツアー
- 妖怪一家のウェディング大作戦
- 妖怪たちと秘密基地
- 妖怪一家の時間旅行

ヌラリヒョン・パパにまかせなさい! シリーズ

人間と妖怪がなかよく暮らすゆかいなドロロン村のお話三冊

ドロロン村のなかまたち

ヌラリヒョン・パパが単身、
ドロロン村にやってきて大かつやく!

オソロシ山のながれ星

落ちてきたながれ星をめぐって、
ヌラリヒョン・パパが出動!

ねらわれた宝もの

ナンジャさんのご先祖様である、
サワガニ長者の宝をねらう者があらわれた?!